La Dimension fantastique – 1

DANS LA MÊME COLLECTION

Le Horla, Librio n° 1
La Métamorphose, Librio n° 3
Le Singe, Librio n° 4
L'Étrange cas du Dr Jekyll et de Mr. Hyde, Librio n° 113
Les Cent ans de Dracula, Librio n° 160
Le Chat noir, Librio n° 213
La Dimension fantastique – 2, Librio n° 234
La Vénus d'Ille, Librio n° 236
La Dimension fantastique – 3, Librio n° 271
La Chute de la maison Usher, Librio n°293
Un Bouquet de fantômes, Librio n° 362
Fées, sorcières, diablesses, Librio n° 544
Le Fantôme de Canterville, Librio n° 600
L'Étrange Histoire de Peter Schlemihl, Librio n° 615
La Dimension fantastique – 4, Librio n° 851
Polaris, Librio n° 1014

La Dimension fantastique – 1

Treize nouvelles de Hoffmann à Claude Seignolle

présentées par Barbara Sadoul

Librio

Introduction

> «Le train filait, à toute vapeur, dans les ténèbres… Ce fut tout à coup comme une apparition fantastique. Autour d'un grand feu, dans un bois, deux hommes étaient debout…
> "Il est juste minuit, monsieur, nous venons de voir une singulière chose."
> J'en convins et nous commençâmes à causer, à chercher ce que pouvaient être ces personnages : des malfaiteurs qui brûlaient des preuves ou des sorciers qui préparaient un philtre ? (…)
> J'ai éprouvé pendant quelques minutes une sensation disparue ! Comme la terre devait être troublante autrefois, quand elle était si mystérieuse ! »
>
> *La Peur*, MAUPASSANT, 1884.

Ainsi l'homme moderne marche-t-il toujours aux frontières incertaines du réel et de l'imaginaire. Et, si son esprit rationnel ne lui permet pas de franchir le pas, l'espace d'une lecture il peut accéder aux rivages du fantastique. Il savoure alors des plaisirs défendus même si la fiction matérialise sous ses yeux une vision d'épouvante. Pierre-Georges Castex parle d'une «intrusion brutale du mystère dans le cadre de la vie réelle» (*Le Conte fantastique en France de Nodier à Maupassant*[1]) tandis que Roger Caillois prononce les mots de «scandale» et de «déchirure» (*Anthologie du fantastique*[2]). Le lecteur est placé devant un tissu de réel et d'irréel dont il cherche à retrouver le fil d'Ariane. La question du surnaturel crée alors une complicité entre lui et l'auteur, et c'est sur l'instant d'hésitation du lecteur (illusion des sens ou réalité du phénomène) que Tzvetan Todorov fonde sa définition du fantastique. Il «occupe», selon lui, «le temps de cette incertitude»

1. CASTEX, Pierre-Georges, *Le Conte fantastique en France de Nodier à Maupassant*, Paris: José Corti, 1951.
2. CAILLOIS, Roger, *Anthologie du fantastique*, Paris: Gallimard, 2 tomes, 1966.

(*Introduction à la littérature fantastique*[1]). Toutefois aucune détermination concernant ce type d'écriture ne semble définitive, et elle est toujours susceptible de varier au gré des œuvres.

L'origine du récit fantastique est déjà en elle-même un problème. Son émergence date de la fin du XVIIIe siècle, mais ne peut-on dire que ce genre est apparu en même temps que la littérature ? Un écrivain français, Charles Nodier, tenta d'en retracer l'histoire dans un essai intitulé *Du fantastique en littérature*[2] (1830) :

> « La littérature fantastique surgit, comme le songe d'un moribond, au milieu des ruines du paganisme, dans les écrits des derniers classiques grecs et latins, de Lucien et d'Apulée. Elle était alors en oubli depuis Homère ; et Virgile même, qu'une imagination tendre et mélancolique transportait aisément dans les régions de l'idéal, n'avait pas osé emprunter aux muses primitives les couleurs vagues et terribles de l'enfer d'Ulysse. (...) La muse ne se réveilla plus qu'un moment (...). Tout ce qui est resté d'elle depuis, jusqu'à la renaissance des lettres, c'est ce murmure confus d'une vibration... qui attend une impulsion nouvelle pour recommencer. »

La critique moderne reproche aujourd'hui à Nodier d'avoir confondu fantastique et merveilleux. Mais il est bien difficile d'établir une frontière distincte entre des textes qui ont des sujets ou des personnages communs. Tout tient à la façon de les traiter. On peut considérer que certains éléments prodigieux se trouvent déjà dans l'épopée de Gilgamesh, puis dans la Bible, et que des épisodes de *L'Âne d'or* d'Apulée et du *Satiricon* de Pétrone se rapprochent davantage du fantastique. De même, au merveilleux rassurant des histoires médiévales se mêlaient des données inquiétantes : en rouvrant la veine lycanthropique, la poétesse Marie de France avait laissé s'infiltrer le fantastique dans les lais du XIIe siècle (*Bisclavret*). Ainsi, s'évadant des croyances populaires, le non-mort, le démon, la sorcière ou le loup-garou

---

1. TODOROV, Tzvetan, *Introduction à la littérature fantastique*, Paris: Seuil, 1970.
2. NODIER, Charles, *Du fantastique en littérature* in BARONIAN, Jean-Baptiste, *La France fantastique de Balzac à Louÿs*, Verviers: Marabout, 1973.

étaient, dès avant le XVIIIe siècle, des protagonistes de fiction (chez Rabelais, Ronsard, Dante, Shakespeare, Milton). Mais ne leur attribuait-on pas souvent un sens allégorique ou parodique ?

Les monstres, au sens de prodiges et de créatures malfaisantes, contrariaient l'esthétique classique. Jusqu'aux romans picaresques (*Don Quichotte de la Manche* de Cervantès) et à la parution de *Robinson Crusoé* (Daniel Defoe), les récits fondés sur l'imaginaire étaient eux-mêmes considérés comme des sous-produits. Seuls les études, les essais philosophiques et les livres d'histoire étaient tenus pour de la littérature. Par ses contes d'origine populaire, Charles Perrault réussit cependant au XVIIe siècle à séduire le public français tout en étant estimé des lettrés. La fantaisie permettait de s'évader du quotidien et de pénétrer dans des sphères parallèles, celles du rêve et de la magie. Quoique marqué par le rationalisme, le siècle suivant manifesta à son tour un vif intérêt pour le développement des sciences occultes et les recherches sur le mesmérisme. Le temps était venu de rompre avec les conventions littéraires et de s'engager sur la voie d'un renouveau. Quelques précurseurs préparèrent l'apogée du fantastique : Cazotte (*Le Diable amoureux*, 1772) et Jan Potocki (*Manuscrit trouvé à Saragosse*, 1804) pour la France ; et surtout, les auteurs de romans noirs anglais (*Le Château d'Otrante* de Horace Walpole, 1764 ; *Les Mystères d'Udolphe* d'Ann Radcliffe, 1794 ; *Le Moine* de M. G. Lewis, 1795) et les romantiques allemands (Bürger, Goethe). Toutefois l'écrivain qui influença le plus tous nos conteurs français reste incontestablement E. T. A. Hoffmann.

Balzac, Maupassant, Mérimée, Lautréamont, Gautier, Dumas, Nerval, Hugo, Vigny, Sand, Barbey d'Aurevilly, Villiers de L'Isle-Adam, Baudelaire furent alors entraînés par ce souffle surnaturel, pour certains satanique. Vers 1830, presque tous les romantiques français composèrent des textes terrifiants en se servant des procédés de l'horreur. Certes, on peut reprocher à la littérature française ne pas avoir engendré de créateur tel que Hoffmann, mais nombre d'écrivains français imaginèrent des personnages ou des contextes fantastiques originaux. Théophile Gautier devança les compagnes de Dracula avec la belle Clarimonde (*La Morte amoureuse*) tandis que Baudelaire chantait *Les Métamorphoses du vampire* (*Les Fleurs du mal*). Le double sombre de l'homme s'éveilla sous la plume d'Erckmann-Chatrian avant l'apparition du docteur Jekyll (*La Montre du doyen*). Le songe offrit pour Gérard de Nerval la possibilité d'accéder à une « seconde vie » (*Aurélia*). Les frontières entre l'état de veille et le rêve s'estompèrent, de même la lisière entre la vie et la mort devint incertaine. L'amour était capable de triompher (*Véra* de Villiers de L'Isle-Adam). Le lecteur assista à des transformations d'hommes en animaux (*Lokis* de Prosper Mérimée), à des morcellements du corps humain (*La Main* de Maupassant). Les objets inanimés parvinrent eux-mêmes à transcender leur condition (la statue dans *La Vénus d'Île* de Mérimée). Ainsi cette littérature revisita les motifs traditionnels et en explora de nouveaux. Ce furent les traductions, signées Charles Baudelaire, des textes américains d'Edgar Allan Poe qui, à partir de 1852, ouvrirent la voie à une nouvelle orientation du fantastique. Baudelaire avait su reconnaître le génie et le modernisme de ce maître de l'imaginaire et de l'horreur macabre. Poe avait réussi à dépeindre nos démons intérieurs. Guy de Maupassant, Jules Verne, un peu, et Arthur Machen, surtout, marchèrent sur ses traces ; Howard Phillips Lovecraft et Stephen King les poursuivirent au XXe siècle.

Les récits populaires, après la Première Guerre mondiale, trouvèrent un terrain d'élection aux États-Unis. La diffusion d'une littérature accessible à tous sans censure permit à des écrivains tels que H. P. Lovecraft et Robert E. Howard de donner libre cours à leur imagination. Lovecraft créa même un courant littéraire avec le « Mythe de Cthulhu » et fut suivi par toute une génération d'auteurs qui décidèrent de publier dans le même magazine, *Weird Tales*. À cette époque les supports ne manquaient pas pour éditer des nouvelles. Lovecraft avait inventé la *weird fantasy*, c'est-à-dire le fantastique de l'horreur, et, de 1927 à sa mort, il se consacra à l'étude de ce type de surnaturel. Son livre testament, *Supernatural Horror in Literature*[1], sortit en librairie de façon posthume en 1939. L'écrivain expliquait que le critère final d'authenticité dans un récit d'horreur était la création d'une sensation

1. LOVECRAFT, H. P., *Épouvante et surnaturel en littérature*, Paris: Robert Laffont, « Bouquins », 2 tomes, 1992.

donnée : inquiétude, terreur. L'auteur doit aimer jouer autant avec ses propres peurs qu'avec celles du lecteur.

Jean Ray, son contemporain belge, sut manier l'angoisse et faire basculer ses personnages dans un univers inconnu, contigu au nôtre. Aujourd'hui, Stephen King, Peter Straub, Clive Barker et John Ramsey Campbell ont fait de l'*épouvante* un genre majeur.

Parallèlement au courant lovecraftien, se développa durant l'entre-deux-guerres une tendance en rupture avec le fantastique traditionnel. J.-P. Sartre salua le précurseur tchèque Franz Kafka pour avoir « humanisé » ce type de surnaturel. Aucun spectre, aucun succube n'entre en scène, seulement l'homme. Il devient « objet fantastique » (*Situations I*[1]) et l'instabilité de l'univers renvoie le reflet déformé de notre condition. En France, Boris Vian développa également une thématique fondée sur la fatalité de l'absurde, lorsqu'il ne traitait pas de façon humoristique de motifs plus classiques (*Le Loup-garou*). « Passeur de mémoire », selon l'expression de M.-C. Delmas, Claude Seignolle préféra en revanche ranimer les peurs anciennes issues du folklore de la France rurale.

Le XXe siècle reste parcouru par des tendances variées dont les principaux agents sont souvent anglo-saxons (Richard Matheson, Anne Rice), mais aussi des auteurs venus d'autres horizons. Ils se nomment Dino Buzzati, Jorge Luis Borges, Julio Cortázar ou André Pieyre de Mandiargues. À ce nouveau fantastique se mêlent des éléments insolites, surréalistes, poétiques voire merveilleux. Borges en reste le maître incontesté, lui qui a su créer un style novateur où l'élément irrationnel repose souvent sur une érudition imaginaire. Dans sa nouvelle *Tlön, Uqbar, Orbis Tertius*, une civilisation entière nous est révélée par un exemplaire unique de l'*Encyclopaedia Britannica* qui comporte quatre pages supplémentaires.

Si notre quotidien nous prive du merveilleux et de la magie d'antan, l'écrivain ressuscite l'univers fantasmagorique des mythes et des légendes, le renouvelle ou le rajeunit. Les dieux de l'Olympe, les elfes, les lutins et les hobbits ne sont pas morts. Certes plus personne n'y croit, mais le temps d'un récit nous repeuplons notre esprit de ces créatures surhumaines ou féeriques (*Malpertuis*,

1. SARTRE, Jean-Paul, *Situations I*, Paris: Gallimard, 1947.

J. Ray; *Le Seigneur des anneaux* de J. R. R. Tolkien). Au cours du XXe siècle, le monstre a souvent muté de forme, il s'est fait plus incertain, plus difficile à décrire. Pourtant, il est bien présent, prêt à incarner nos obsessions et nos angoisses. L'auteur de fantastique est là pour nous faire entrevoir ce qui se cache derrière le monde des apparences.

Barbara SADOUL

E. T. A. Hoffmann

L'Homme au sable

I

Nathanaël à Lothaire.

Sans doute, vous êtes tous remplis d'inquiétude, car il y a bien longtemps que je ne vous ai écrit. Ma mère se fâche, Clara pense que je vis dans un tourbillon de joies, et que j'ai oublié entièrement la douce image d'ange si profondément gravée dans mon cœur et dans mon âme. Mais il n'en est pas ainsi ; chaque jour, à chaque heure du jour, je songe à vous tous, et la charmante figure de ma Clara passe et repasse sans cesse dans mes rêves ; ses yeux transparents me jettent de doux regards, et sa bouche me sourit comme jadis lorsque j'arrivai auprès de vous. Hélas ! comment eussé-je pu vous écrire dans la violente disposition d'esprit qui a jusqu'à présent troublé toutes mes pensées ? Quelque chose d'épouvantable a pénétré dans ma vie ! Les sombres pressentiments d'un avenir cruel et menaçant s'étendent sur moi, comme des nuages noirs, impénétrables aux joyeux rayons du soleil. Faut-il donc que je te dise ce qui m'arriva ? Il le faut, je le vois bien ; mais rien qu'en y songeant, j'entends autour de moi comme des ricanements moqueurs. Ah ! mon bien-aimé Lothaire ! comment te ferai-je comprendre un peu seulement que ce qui m'arriva, il y a peu de jours, est de nature à troubler ma vie d'une façon terrible. Si tu étais ici, tu pourrais voir par tes yeux ; mais maintenant tu me tiens certainement pour un visionnaire absurde. Bref, l'horrible vision que j'ai eue, et dont je cherche vainement à éviter l'influence mortelle, consiste simplement, en ce qu'il y a peu de jours, à savoir le 30 octobre à midi, un marchand de baromètres entra dans ma chambre, et m'offrit ses instruments. Je n'achetai rien, et je le menaçai de le précipiter du haut de l'escalier, mais il s'éloigna aussitôt.

Tu soupçonnes que des circonstances toutes particulières, et qui ont fortement marqué dans ma vie, donnent de l'importance à ce petit événement. Cela est en effet. Je rassemble toutes mes forces pour te raconter avec calme et patience quelques aventures de mon enfance, qui éclaireront toutes ces choses à ton esprit. Au moment de commencer, je te vois rire, et j'entends Clara qui dit : – Ce sont de véritables enfantillages ! – Riez, je vous en prie, riez-vous de moi du fond de votre cœur ! – Je vous en supplie ! – Mais, Dieu du ciel !... mes cheveux se hérissent, et il me semble que je vous conjure de vous moquer de moi, dans le délire du désespoir, comme Franz Moor conjurait Daniel[1]. Allons, maintenant, au fait. Hors les heures des repas, moi, mes frères et mes sœurs, nous voyions peu notre père. Il était fort occupé du service de sa charge. Après le souper, que l'on servait à sept heures, conformément aux anciennes mœurs, nous nous rendions tous, notre mère avec nous, dans la chambre de travail de mon père, et nous prenions place autour d'une table ronde. Mon père fumait du tabac et buvait de temps en temps un grand verre de bière. Souvent il nous racontait des histoires merveilleuses, et ses récits l'échauffaient tellement qu'il laissait éteindre sa longue pipe ; j'avais l'office de la rallumer, et j'éprouvais une grande joie à le faire. Souvent aussi, il nous mettait des livres d'images dans les mains, et restait silencieux et immobile dans son fauteuil, chassant devant lui d'épais nuages de fumée qui nous enveloppaient tous comme dans des brouillards. Dans ces soirées-là, ma mère était fort triste, et à peine entendait-elle sonner neuf heures, qu'elle s'écriait : « Allons, enfants, au lit... l'Homme au Sable va venir. Je l'entends déjà. » En effet, chaque fois, on entendait des pas pesants retentir sur les marches ; ce devait être l'Homme au Sable. Une fois entre autres, ce bruit me causa plus d'effroi que d'ordinaire, je dis à ma mère qui nous emmenait : Ah ! maman,

1. Dans *Les Brigands* de Schiller.

qui donc est ce méchant Homme au Sable qui nous chasse toujours? – Comment est-il? – Il n'y a point d'Homme au Sable, me répondit ma mère. Quand je dis: l'Homme au Sable vient, cela signifie seulement que vous avez besoin de dormir, et que vos paupières se ferment involontairement, comme si l'on vous avait jeté du sable dans les yeux.

La réponse de ma mère ne me satisfit pas, et, dans mon imagination enfantine, je devinai que ma mère ne me niait l'existence de l'Homme au Sable que pour ne pas nous effrayer. Mais je l'entendais toujours monter les marches. Plein de curiosité, impatient de m'assurer de l'existence de cet homme, je demandai enfin à la vieille servante qui avait soin de ma plus jeune sœur, quel était ce personnage. – Eh! mon petit Nathanaël, me répondit-elle, ne sais-tu pas cela? C'est un méchant homme qui vient trouver les enfants lorsqu'ils ne veulent pas aller au lit, et qui leur jette une poignée de sable dans les yeux, à leur faire pleurer du sang. Ensuite, il les plonge dans un sac et les porte dans la pleine lune pour amuser ses petits enfants qui ont des becs tordus comme les chauves-souris, et qui leur piquent les yeux, à les faire mourir. Dès lors l'image de l'Homme au Sable se grava dans mon esprit d'une façon horrible; et le soir, dès que les marches retentissaient du bruit de ses pas, je tremblais d'anxiété et d'effroi; ma mère ne pouvait alors m'arracher que ces paroles étouffées par mes larmes: l'Homme au Sable! l'Homme au Sable! Je me sauvais aussitôt dans une chambre, et cette terrible apparition me tourmentait durant toute la nuit. – J'étais déjà assez avancé en âge pour savoir que l'anecdote de la vieille servante n'était pas fort exacte, cependant l'Homme au Sable restait pour moi un spectre menaçant. J'étais à peine maître de moi, lorsque je l'entendais monter pour se rendre dans le cabinet de mon père. Quelquefois son absence durait longtemps; puis ses visites devenaient plus fréquentes, cela dura deux années. Je ne pouvais m'habituer à cette apparition étrange, et la sombre figure de cet homme inconnu ne pâlissait pas dans ma pensée. Ses rapports avec mon père occupaient de plus en plus mon esprit, et l'envie de le voir augmentait en moi avec les ans. L'Homme au Sable m'avait introduit dans le champ du merveilleux où l'esprit des enfants se glisse si facilement. Rien ne me plaisait plus que les histoires épouvantables des génies, des démons et des sorcières; mais pour moi, dans toutes ces aventures, au milieu des apparitions les plus effrayantes et les plus bizarres, dominait toujours l'image de l'Homme au Sable que je dessinais à l'aide de la craie et du charbon, sur les tables, sur les armoires, sur les murs, partout enfin, et toujours sous les formes les plus repoussantes. Lorsque j'eus atteint l'âge de dix ans, ma mère m'assigna une petite chambre pour moi seul. Elle était peu éloignée de la chambre de mon père. Chaque fois, qu'au moment de neuf heures, l'inconnu se faisait entendre, il fallait encore nous retirer. De ma chambrette, je l'entendais entrer dans le cabinet de mon père, et, bientôt après, il me semblait qu'une vapeur odorante et singulière se répandît dans la maison. La curiosité m'excitait de plus en plus à connaître cet Homme au Sable. J'ouvris ma porte, et je me glissai de ma chambre dans les corridors; mais je ne pouvais rien entendre; car l'étranger avait déjà refermé la porte. Enfin, poussé par un désir irrésistible, je résolus de me cacher dans la chambre même de mon père pour attendre l'Homme au Sable.

À la taciturnité de mon père, à la tristesse de ma mère, je reconnus un soir que l'Homme au Sable devait venir. Je prétextai une fatigue extrême, et, quittant la chambre avant neuf heures, j'allai me cacher dans une petite niche pratiquée derrière la porte. La porte craqua sur ses gonds, et des pas lents, tardifs et menaçants retentirent depuis le vestibule jusqu'aux marches. Ma mère et tous les enfants se levèrent et passèrent devant moi. J'ouvris doucement, bien doucement, la porte de la chambre de mon père. Il était assis comme d'ordinaire, en silence et le dos tourné vers l'entrée. Il ne m'aperçut pas, je me glissai légèrement derrière lui, et j'allai me cacher sous le rideau qui voilait une armoire où se trouvaient appendus ses habits. Les pas approchaient de plus en plus, l'Homme toussait, soufflait et murmurait singulièrement. Le cœur me battait d'attente et d'effroi. – Tout près de la porte, un pas sonore, un coup violent sur le bouton, les gonds tournent avec bruit. – J'avance malgré moi la tête avec précaution, l'Homme au Sable est au milieu de la chambre, devant mon père; la lueur des flambeaux éclaire son visage! – L'Homme au Sable, le terrible Homme au Sable, est le vieil avocat Coppelius qui vient quelquefois prendre place à notre table! Mais la plus horrible figure ne m'eût pas causé plus d'épouvante que celle de ce Coppelius. Représente-toi un homme aux larges épaules, surmontées d'une grosse tête informe, un visage terne, des sourcils gris et touffus sous lesquels étincellent deux yeux verts arrondis comme ceux des chats, et un nez gigantesque qui s'abaisse brusquement sur ses lèvres épaisses. Sa bouche contournée se contourne encore davantage pour former un sourire; deux taches livides s'étendent sur ses joues, et des accents à la fois sourds et siffleurs s'échappent d'entre ses dents irrégulières. Coppelius se montrait toujours avec un habit couleur de cendre, coupé à la vieille mode, une veste et des culottes semblables, des bas noirs et des souliers à boucles de strass, complétaient cet ajustement. Sa petite perruque qui couvrait à peine son cou, se terminait en deux boucles à boudin que supportaient ses grandes oreilles d'un rouge vif, et allait se perdre dans une large bourse noire qui, s'agitant çà et là sur son dos, laissait apercevoir la boucle d'argent qui retenait sa cravate. Toute cette figure composait un ensemble affreux et repoussant; mais ce qui nous choquait tout particulièrement en lui, nous autres enfants, c'étaient ses grosses mains velues et osseuses; et dès qu'il les portait sur quelque objet, nous avions garde d'y toucher. Il avait remarqué ce dégoût, et il se faisait un plaisir de toucher les gâteaux ou les fruits que notre bonne mère plaçait sur nos assiettes. Il jouissait alors singulièrement en voyant nos yeux se remplir de larmes, et il se délectait de la privation que nous imposait notre dégoût pour sa personne. Il en agissait ainsi aux jours de fêtes, lorsque notre père nous versait un verre de bon vin. Il étendait la main, saisissait le verre qu'il portait à ses lèvres livides, et riait aux éclats de notre désespoir et de nos injures. Il avait coutume de nous nommer les petits animaux; en sa présence il ne nous était pas permis de prononcer une parole, et nous maudissions de toute notre âme ce personnage hideux et ennemi, qui empoisonnait jusqu'à la moindre de nos joies. Ma mère semblait haïr aussi cordialement que nous le repoussant Coppelius; car dès qu'il paraissait, sa douce gaieté et ses manières pleines d'abandon, s'effaçaient pour faire place à une sombre gravité. Notre père se comportait envers lui comme si Coppelius eût été un être d'un ordre supérieur, dont on doit souffrir les écarts, et qu'il faut se garder d'irriter: on ne manquait jamais de lui offrir ses mets favoris, et de déboucher en son honneur quelques flacons de réserve.

En voyant ce Coppelius, il se révéla à moi que nul autre que lui ne pouvait être l'Homme au Sable ; mais l'Homme au Sable n'était plus à ma pensée cet ogre du conte de la nourrice, qui enlève les enfants pour les porter dans la lune à sa progéniture à bec de hibou. Non ! – C'était plutôt une odieuse et fantasque créature, qui partout où elle paraissait, portait le chagrin, le tourment et le besoin, et qui causait un mal réel, un mal durable. J'étais comme ensorcelé, ma tête restait tendue entre les rideaux, au risque d'être découvert et cruellement puni. Mon père reçut solennellement Coppelius. – Allons à l'ouvrage ! s'écria celui-ci d'une voix sourde, en se débarrassant de son habit. Mon père, d'un air sombre, quitta sa robe de chambre, et ils se vêtirent tous deux de longues robes noires. Je n'avais pas remarqué le lieu d'où ils les avaient tirées. Mon père ouvrit la porte d'une armoire, et je vis qu'elle cachait une niche profonde où se trouvait un fourneau. Coppelius s'approcha, et du foyer s'éleva une flamme bleue. Une foule d'ustensiles bizarres apparut à cette clarté. Mais mon Dieu ! quelle étrange métamorphose s'était opérée dans les traits de mon vieux père ! – Une douleur violente et mal contenue semblait avoir changé l'expression honnête et loyale de sa physionomie qui avait pris une contraction satanique. Il ressemblait à Coppelius ! Celui-ci brandissait des pinces incandescentes, et attisait les charbons ardents du foyer. Je croyais apercevoir tout autour de lui des figures humaines, mais sans yeux. Des cavités noires, profondes et souillées en tenaient la place. – Des yeux ! des yeux ! s'écriait Coppelius, d'une voix sourde et menaçante.

Je tressaillis, et je tombai sur le parquet, violemment terrassé par une horreur puissante. Coppelius me saisit alors. – Un petit animal ! un petit animal ! dit-il en grinçant affreusement les dents. À ces mots, il me jeta sur le fourneau dont la flamme brûlait déjà mes cheveux. – Maintenant, s'écria-t-il, nous avons des yeux, – des yeux, – une belle paire d'yeux d'enfant ! Et il prit de ses mains dans le foyer une poignée de charbons en feu qu'il se disposait à me jeter au visage, lorsque mon père lui cria, les mains jointes : – Maître ! maître ! laisse les yeux à mon Nathanaël.

Coppelius se mit à rire d'une façon bruyante. – Que l'enfant garde donc ses yeux, et qu'il fasse son pensum dans le monde ; mais, puisque le voilà, il faut que nous observions bien attentivement le mécanisme des pieds et des mains.

Ses doigts s'appesantirent alors si lourdement sur moi, que toutes les jointures de mes membres en craquèrent, et il me fit tourner les mains, puis les pieds, tantôt d'une façon, tantôt d'une autre. – Cela ne joue pas bien partout ! cela était bien comme cela était ! Le vieux de là-haut a parfaitement compris cela !

Ainsi murmurait Coppelius en me retournant ; mais bientôt tout devint sombre et confus autour de moi ; une douleur nerveuse agita tout mon être ; je ne sentis plus rien. Une vapeur douce et chaude se répandit sur mon visage ; je me réveillai comme du sommeil de la mort ; ma mère était penchée sur moi. – L'Homme au Sable est-il encore là ? demandai-je en balbutiant. – Non, mon cher enfant, il est bien loin ; il est parti depuis longtemps, il ne te fera pas de mal !

Ainsi parla ma mère, et elle me baisa, et elle serra contre son cœur l'enfant chéri qui lui était rendu.

Pourquoi te fatiguerais-je plus longtemps de ces récits, mon cher Lothaire ? Je fus découvert et cruellement maltraité par ce Coppelius. L'anxiété et l'effroi m'avaient causé une fièvre ardente dont je fus malade durant quelques semaines. « L'Homme au Sable est encore là. » Ce fut la première parole de ma délivrance, et le signe de mon salut. Il me reste à te raconter le plus horrible instant de mon enfance ; puis tu seras convaincu qu'il n'en faut pas accuser mes yeux si tout me semble décoloré dans la vie ; car un nuage sombre s'est étendu au-devant de moi sur tous les objets, et ma mort seule peut-être pourra le dissiper.

Coppelius ne se montra plus, le bruit courut qu'il avait quitté la ville. Un an s'était écoulé, et selon la vieille et invariable coutume, nous étions assis un soir à la table ronde. Notre père était fort gai, et nous racontait une foule d'histoires divertissantes, qui lui étaient arrivées dans les voyages qu'il avait faits pendant sa jeunesse. À l'instant où l'horloge sonna neuf heures, nous entendîmes retentir les gonds de la porte de la maison, et des pas d'une lourdeur extrême, résonner depuis le vestibule jusqu'aux marches. – C'est Coppelius ! dit ma mère en pâlissant. – Oui ! c'est Coppelius, répéta mon père d'une voix entrecoupée.

Les larmes s'échappèrent des yeux de ma mère. – Mon ami, mon ami ! s'écria-t-elle, faut-il que cela soit ? – Pour la dernière fois, répondit celui-ci. Il vient pour la dernière fois ; je te le jure. Va, va-t'en avec les enfants ! bonne nuit !

J'étais comme pétrifié, la respiration me manquait. Me voyant immobile, ma mère me prit par le bras. – Viens, Nathanaël! me dit-elle. Je me laissai entraîner dans ma chambre. – Sois bien calme et dors. Dors! me dit ma mère en me quittant. Mais, agité par une terreur invincible, je ne pus fermer les paupières. L'horrible, l'odieux Coppelius était devant moi, les yeux étincelants; il me souriait d'un air hypocrite, et je cherchais vainement à éloigner son image. Il était à peu près minuit lorsqu'un coup violent se fit entendre. C'était comme la détonation d'une arme à feu. Toute la maison fut ébranlée, et la porte se referma avec fracas. – C'est Coppelius! m'écriai-je hors de moi, et je m'élançai de mon lit. Des gémissements vinrent à mon oreille; je courus à la chambre de mon père. La porte était ouverte, une vapeur étouffante se faisait sentir, et une servante s'écriait: – Ah! mon maître, mon maître!

Devant le fourneau allumé, sur le parquet, était étendu mon père, mort, le visage déchiré. Mes sœurs, agenouillées autour de lui, poussaient d'affreuses clameurs. Ma mère était tombée sans mouvement auprès de son mari! – Coppelius! monstre infâme! tu as assassiné mon père! m'écriai-je, et je perdis l'usage de mes sens. Deux jours après, lorsqu'on plaça le corps de mon père dans un cercueil, ses traits étaient redevenus calmes et sereins, comme ils l'étaient durant sa vie. Cette vue adoucit ma douleur, je pensai que son alliance avec l'infernal Coppelius ne l'avait pas conduit à la damnation éternelle. L'explosion avait réveillé les voisins. Cet événement fit sensation, et l'autorité qui en eut connaissance somma Coppelius de paraître devant elle. Mais il avait disparu de la ville, sans laisser de traces.

Quand je te dirai, mon digne ami, que ce marchand de baromètres n'était autre que ce misérable Coppelius, tu comprendras l'excès d'horreur que me fit éprouver cette apparition ennemie. Il portait un autre costume; mais les traits de Coppelius sont trop profondément empreints dans mon âme pour que je puisse les méconnaître. D'ailleurs, Coppelius n'a pas même changé de nom. Il se donne ici pour un mécanicien piémontais, et se fait nommer Giuseppe Coppola.

Je suis résolu à venger la mort de mon père, quoi qu'il en arrive. Ne parle point à ma mère de cette cruelle rencontre. – Salue la charmante Clara; je lui écrirai dans une disposition d'esprit plus tranquille.

II

Clara à Nathanaël.

Il est vrai que tu ne m'as pas écrit depuis longtemps, mais cependant je crois que tu me portes dans ton âme et dans tes pensées; car tu songeais assurément à moi avec beaucoup de vivacité, lorsque, voulant envoyer ta dernière lettre à mon frère Lothaire, tu la souscrivis de mon nom. Je l'ouvris avec joie, et je ne m'aperçus de mon erreur qu'à ces mots: *Ah! mon bien-aimé Lothaire!* – Alors, sans doute, j'aurais dû n'en pas lire davantage, et remettre la lettre à mon frère. – Tu m'as quelquefois reproché en riant que j'avais un esprit si paisible et si calme que si la maison s'écroulait, j'aurais encore la constance de remettre en place un rideau dérangé, avant que de m'enfuir; cependant je pouvais à peine respirer, et tout semblait tourbillonner devant mes yeux. – Ah! mon bien-aimé Nathanaël! je tremblais et je brûlais d'apprendre par quelles infortunes ta vie avait été traversée! Séparation éternelle, oubli, éloignement de toi, toutes ces pensées me frappaient comme autant de coups de poignard. – Je lus et je relus! Ta peinture du repoussant Coppelius est affreuse. J'appris pour la première fois de quelle façon cruelle était mort ton excellent père. Mon frère, que je remis en possession de ce qui lui appartenait, essaya de me calmer, mais il ne put réussir. Ce Giuseppe Coppola était sans cesse sur mes pas, et je suis presque confuse d'avouer qu'il a troublé, par d'effroyables songes, mon sommeil toujours si profond et si tranquille. Mais bientôt, dès le lendemain déjà, tout s'était présenté à ma pensée sous une autre face. Ne sois donc point fâché contre moi, mon tendrement aimé Nathanaël, si Lothaire te dit qu'en dépit de tes funestes pressentiments au sujet de Coppelius, ma sérénité n'a pas été le moindrement altérée. Je te dirai sincèrement ma pensée. Toutes ces choses effrayantes que tu nous rapportes me semblent avoir pris naissance en toi-même: le monde extérieur et réel n'y a que peu de part. Le vieux Coppelius était sans doute peu attrayant; mais, comme il haïssait les enfants, cela vous causa, à vous autres enfants, une véritable horreur pour lui. Le terrible Homme au Sable de la nourrice se rattacha tout naturellement, dans ton intelligence enfantine, au vieux Coppelius, qui, sans que tu puisses t'en rendre compte, est resté pour toi un fantôme de tes premiers ans. Ses entrevues nocturnes avec ton père n'avaient sans doute d'autre but que de faire des expériences alchimiques, ce qui affligeait ta mère, car il en coûtait vraisemblablement beaucoup d'argent; et ces travaux, en remplissant son époux d'un espoir trompeur, devaient le détourner des soins de sa famille. Ton père a sans doute causé sa mort par sa propre imprudence, et Coppelius ne saurait en être accusé. Croirais-tu que j'ai demandé à notre vieux voisin l'apothicaire si, dans les essais chimiques, ces explosions instantanées pouvaient donner la mort? Il m'a répondu affirmativement, en me décrivant longuement à sa manière comment la chose pouvait se faire, et en me citant un grand nombre de mots bizarres, dont je n'ai pu retenir un seul dans ma mémoire. – Maintenant tu vas te fâcher contre ta Clara. Tu diras: Il ne pénètre dans cette âme glacée nul de ces rayons mystérieux qui embrassent souvent l'homme de leurs ailes invisibles; elle n'aperçoit que la surface bariolée du globe, et elle se réjouit comme un fol enfant à la vue des fruits dont l'écorce dorée cache un venin mortel.

Mon bien-aimé Nathanaël, ne penses-tu pas que le sentiment d'une puissance ennemie qui agit d'une manière funeste sur notre être, ne puisse pénétrer dans les âmes riantes et sereines? – Pardonne, si moi, simple jeune fille, j'entreprends d'exprimer ce que j'éprouve à l'idée d'une semblable lutte. Peut-être ne trouverai-je pas les paroles propres à peindre mes sentiments, et riras-tu, non de mes pensées, mais de la gaucherie que je mettrai à les rendre. S'il est en effet une puissance occulte qui plonge ainsi traîtreusement en notre sein ses griffes ennemies, pour nous saisir et nous entraîner dans une route dangereuse que nous n'eussions pas suivie, s'il est une telle puissance, il faut qu'elle se plie à nos goûts et à nos convenances, car ce n'est qu'ainsi qu'elle obtiendra de nous quelque créance, et qu'elle gagnera dans notre cœur la place dont elle a besoin pour accomplir son ouvrage. Que nous ayons assez de fermeté, assez de courage pour reconnaître la route où doivent nous conduire notre vocation et nos penchants, pour la suivre d'un pas tranquille, notre ennemi intérieur périra dans les vains efforts qu'il fera pour nous faire illusion.

Lothaire ajoute que la puissance ténébreuse, à laquelle nous nous donnons, crée souvent en nous des images si attrayantes, que nous produisons nous-mêmes le principe dévorant qui nous consume. C'est le fantôme de notre propre *nous*, dont l'influence agit sur notre âme, et nous plonge dans l'enfer ou nous ravit au ciel. – Je ne comprends pas bien les dernières paroles de Lothaire, et je pressens seulement ce qu'il pense ; et cependant il me semble que tout cela est rigoureusement vrai. Je t'en supplie, efface entièrement de ta pensée l'avocat Coppelius et le marchand de baromètres Giuseppe Coppola. Sois convaincu que ces figures étrangères n'ont aucune influence sur toi ; ta croyance en leur pouvoir peut seule les rendre puissantes. Si chaque ligne de ta lettre ne témoignait de l'exaltation profonde de ton esprit, si l'état de ton âme ne m'affligeait jusqu'au fond du cœur, en vérité, je pourrais plaisanter sur ton Homme au Sable et ton avocat chimiste. Sois libre, esprit faible ! sois libre ! – Je me suis promis de jouer auprès de toi le rôle d'ange gardien, et de bannir le hideux Coppola par un fou rire, s'il devait jamais revenir troubler tes rêves. Je ne redoute pas le moins du monde, lui et ses vilaines mains, et je ne souffrirai pas qu'il me gâte mes friandises, ni qu'il me jette du sable aux yeux.

À toujours, mon bien-aimé Nathanaël.

III

Nathanaël à Lothaire.

Je suis très fâché que Clara, par une erreur que ma négligence avait causée, il est vrai, ait brisé le cachet de la lettre que j'écrivais. Elle m'a adressé une épître remplie d'une philosophie profonde, par laquelle elle me démontre explicitement que Coppelius et Coppola n'existent que dans mon cerveau, et qu'ils sont des fantômes de mon *moi* qui s'évanouiront en poudre dès que je les reconnaîtrai pour tels. On ne se douterait jamais que l'esprit qui scintille de ses yeux clairs et touchants, comme une aimable émanation du printemps, soit aussi intelligent et qu'il puisse raisonner d'une façon aussi méthodique ! Elle s'appuie de ton autorité. Vous avez parlé de moi ensemble ! on lui fait sans doute un cours de logique pour qu'elle voie sainement les choses et qu'elle fasse des distinctions subtiles. – Renonce à cela ! je t'en prie. Au reste, il est certain que le mécanicien Giuseppe Coppola n'est pas l'avocat Coppelius. J'assiste à un cours chez un professeur de physique nouvellement arrivé dans cette ville, qui est d'origine italienne et qui porte le nom du célèbre naturaliste Spalanzani. Il connaît Coppola depuis de longues années, et d'ailleurs, il est facile de reconnaître à l'accent du mécanicien qu'il est véritablement Piémontais. Coppelius était un Allemand, bien qu'il n'en eût pas le caractère. Cependant, je ne suis pas entièrement tranquillisé. Tenez-moi toujours, vous deux, pour un sombre rêveur, mais je ne puis me débarrasser de l'impression que Coppola et son affreux visage ont produite sur moi. Je suis heureux qu'il ait quitté la ville, comme l'a dit Spalanzani. Ce professeur est un singulier personnage, un homme rond, aux pommettes saillantes, le nez pointu et les yeux perçants. Mais tu le connaîtras mieux que je ne pourrais te le peindre, en regardant le portrait de Cagliostro, gravé par Chodowiecki ; tel est Spalanzani. Dernièrement, en montant à son appartement, je m'aperçus qu'un rideau, qui est ordinairement tiré sur une porte de verre, était un peu écarté. J'ignore moi-même comme je vins à regarder à travers la glace. Une femme de la plus riche taille, magnifiquement vêtue, était assise dans la chambre, devant une petite table sur laquelle ses deux mains jointes étaient appuyées. Elle était vis-à-vis de la porte, et je pouvais contempler ainsi sa figure ravissante. Elle sembla ne pas m'apercevoir, et en général ses yeux paraissaient fixes, je dirai même qu'ils manquaient des rayons visuels ; c'était comme si elle eût dormi les yeux ouverts. Je me trouvai mal à l'aise, et je me hâtai de me glisser dans l'amphithéâtre qui est voisin de là. Plus tard j'appris que la personne que j'avais vue, était la fille de Spalanzani, nommée Olimpia, qu'il renfermait avec tant de rigueur que personne ne pouvait approcher d'elle. – Cette mesure cache quelque mystère, et Olimpia a sans doute une imperfection grave. Mais, pourquoi t'écrire ces choses ? j'aurais pu te les raconter de vive voix. Sache que, dans quinze jours, je serai près de vous autres. Il faut que je revoie mon ange, ma Clara; alors s'effacera l'impression qui s'est emparée de moi (je l'avoue) depuis sa triste lettre si raisonnable. C'est pourquoi je ne lui écris pas aujourd'hui. Adieu.

IV

On ne saurait imaginer rien de plus bizarre et de plus merveilleux que ce qui arriva à mon pauvre ami, le jeune étudiant Nathanaël, et que j'entreprends aujourd'hui de raconter. Qui n'a, un jour, senti sa poitrine se remplir de pensées étranges ? qui n'a éprouvé un bouillonnement intérieur qui faisait affluer son sang avec violence dans ses veines, et colorait ses joues d'un sombre incarnat ? Vos regards semblent alors chercher des images fantasques dans l'espace, et vos paroles s'exhalent en sons entrecoupés. En vain vos amis vous entourent et vous interrogent sur la cause de votre délire. On veut peindre avec leurs brillantes couleurs, leurs ombres et leurs vives lumières, les figures vaporeuses que l'on aperçoit, et l'on s'efforce inutilement de trouver des paroles pour rendre sa pensée. On voudrait reproduire au premier mot, tout ce que ces apparitions offrent de merveilles, de magnificences, de sombres horreurs, de gaietés inouïes, afin de frapper ses auditeurs comme par un coup électrique ; mais chaque lettre vous semble glaciale, décolorée, sans vie. On cherche et l'on cherche encore, on balbutie et l'on murmure, et les questions timides de vos amis viennent frapper, comme le souffle des vents de la nuit, votre imagination brûlante qu'elles ne tardent pas à tarir et à éteindre. Mais, si, en peintre habile et hardi, on a jeté en traits rapides une esquisse de ces images intérieures, il est facile d'en ranimer peu à peu le coloris fugitif, et de transporter ses auditeurs au milieu de ce monde que notre âme a créé. Pour moi, personne, je dois l'avouer, ne m'a jamais interrogé sur l'histoire du jeune Nathanaël; mais on sait que je suis un de ces auteurs qui, dès qu'ils se trouvent dans l'état que je viens de décrire, se figurent que ceux qui les entourent et même le monde entier, brûlent du désir de connaître ce qu'ils ont en l'âme. La singularité de l'aventure m'avait frappé, c'est pourquoi je me tourmentais pour en commencer le récit d'une manière séduisante et originale. «Il était une fois!» beau commencement pour assoupir dès le début. «Dans la petite ville de S***, vivait...» ou bien d'entrer aussitôt *medias in res*, comme: «Qu'il aille au diable! s'écriait, la fureur et l'effroi peints dans ses yeux égarés, l'étudiant Nathanaël, lorsque le marchand de baromètres, Giuseppe Coppola...» J'avais en effet commencé d'écrire de la sorte, lorsque je crus voir quelque chose de bouffon dans les yeux égarés de l'étudiant Nathanaël; et vraiment l'histoire n'est nullement facétieuse. Il ne me vint sous ma plume aucune phrase qui reflétât le moins du monde l'éclat du coloris de mon image intérieure. Je résolus alors de ne pas commencer du tout. On voudra donc bien prendre les trois lettres que mon ami Lothaire a eu la bonté de me communiquer, pour l'esquisse de mon tableau que je m'efforcerai, durant le cours de mon récit, d'animer de mon mieux. Peut-être réussirai-je, comme les bons peintres de portrait, à marquer maint personnage d'une touche expressive, de manière à le faire trouver ressemblant sans qu'on ait vu l'original, à éveiller le souvenir d'un objet encore inconnu; peut-être aussi parviendrai-je à persuader à mon lecteur que rien n'est plus fantastique et plus fou que la vie réelle, et que le poète se borne à en recueillir un reflet confus, comme dans un miroir mal poli. Et afin que l'on sache dès le commencement ce qu'il est nécessaire de savoir, je dois ajouter, comme éclaircissement à ces lettres, que, bientôt après la mort du père de Nathanaël, Clara et Lothaire, enfants d'un parent éloigné, mort aussi depuis peu, furent recueillis par la mère de Nathanaël, dans sa famille. Clara et Nathanaël se sentirent un vif penchant l'un pour l'autre, contre lequel personne sur la terre n'eut rien à opposer. Ils étaient donc fiancés l'un à l'autre, lorsque Nathanaël quitta sa ville natale pour aller terminer ses études à Goettingen. Il se trouve là dans sa dernière lettre, et il suit des cours chez le célèbre professeur de physique Spalanzani. Maintenant, je pourrais continuer bravement mon récit, mais l'image de Clara se présente si vivement à mon esprit que je ne saurais en détourner les yeux. Ainsi m'arrivait-il toujours lorsqu'elle me regardait avec un doux sourire. – Clara ne pouvait point passer pour belle; c'est ce que prétendaient tous ceux qui s'entendent d'office à juger de la beauté. Cependant les architectes louaient la pureté des lignes de sa taille, les peintres trouvaient son dos, ses épaules et son sein formés d'une façon peut-être trop chaste ; mais tous, ils étaient épris de sa ravissante chevelure, qui rappelait celle de la Madeleine du Correggio, et ne tarissaient point sur la richesse de son teint, digne de Battoni. L'un d'eux, en véritable fantasque, comparait ses yeux à un lac de Ruisdael, où se mirent l'azur du ciel, l'émail des fleurs et les feux animés du jour. Les poètes et les virtuoses allaient plus loin. – Que me parlez-vous de lac, de miroir ! disaient-ils. Pouvons-nous contempler cette jeune fille sans que son regard fasse jaillir de notre âme des chants et des harmonies célestes ! Clara avait l'imagination vive et animée d'un enfant joyeux et innocent, un cœur de femme tendre et délicat, une intelligence pénétrante et lucide. Les esprits légers et présomptueux ne réussissaient point auprès d'elle ; car, tout en conservant sa nature silencieuse et modeste, le regard pétillant de la jeune fille et son sourire ironique semblaient leur dire : Pauvres ombres que vous êtes, espérez-vous passer à mes yeux pour des figures nobles, pleines de vie et de sève ? – Aussi accusait-on Clara d'être froide, prosaïque et insensible ; mais d'autres, qui voyaient mieux la vie, aimaient inexprimablement cette charmante fille. Toutefois, nul ne l'aimait plus que Nathanaël, qui cultivait les sciences et les arts avec goût et énergie. Clara chérissait Nathanaël de toutes les forces de son âme ; leur séparation lui causa ses premiers chagrins. Avec quelle joie elle se jeta dans ses bras lorsqu'il revint à la maison paternelle, comme il l'avait annoncé dans sa lettre à Lothaire. Ce que Nathanaël avait espéré arriva. Dès qu'il vit sa fiancée, il oublia et l'avocat Coppelius, et la lettre métaphysique de Clara, qui l'avait choqué ; tous ses soucis se trouvèrent effacés. Mais, cependant, Nathanaël avait dit vrai en écrivant à son ami Lothaire : la figure du repoussant Coppola avait exercé une funeste influence sur son âme. Dès les premiers jours de son arrivée, on s'aperçut que Nathanaël avait entièrement changé d'allure. Il s'abandonnait à de sombres rêveries, et se conduisait d'une façon singulière. La vie pour lui n'était plus que rêves et pressentiments ; il parlait toujours de la destinée des hommes qui, se croyant libres, sont ballottés par les puissances invisibles et leur servent de jouet, sans pouvoir leur échapper. Il alla même plus loin, il prétendit que c'était folie que de croire à des progrès dans les arts et dans les sciences, fondés sur nos forces morales, car l'exaltation, sans laquelle on est incapable de produire, ne vient pas de notre âme, mais d'un principe extérieur, dont nous ne sommes pas les maîtres. Clara éprouvait un éloignement profond pour ces idées mystiques, mais elle s'efforçait vainement de les réfuter. Seulement, lorsque Nathanaël démontrait que Coppelius était le mauvais principe qui s'était attaché à lui depuis le moment où il s'était caché derrière un rideau pour l'observer, et que ce démon ennemi troublerait leurs heureuses amours d'une manière cruelle, Clara devenait tout à coup sérieuse, et disait: Oui, Nathanaël, Coppelius est un principe ennemi qui troublera notre bonheur, si tu ne le bannis de ta pensée: sa puissance est dans ta crédulité.

Nathanaël, irrité de voir Clara rejeter l'existence du démon, et l'attribuer à la seule faiblesse d'âme, voulut procéder à ses preuves par toutes les doctrines mystiques de la Dæmonologie; mais Clara rompit la discussion avec humeur en l'interrompant par une phrase indifférente, au grand chagrin de Nathanaël. Celui-ci pensa alors que les âmes froides renfermaient ces mystères à leur propre insu, et que Clara appartenait à cette nature secondaire; aussi se promit-il de ne rien négliger pour l'initier à ces secrets. Le lendemain matin, tandis que Clara préparait le déjeuner, il vint se placer près d'elle et se mit à lui lire divers passages de ses livres mystiques. – Mais, mon cher Nathanaël, dit Clara après quelques instants d'attention, que dirais-tu si je te regardais comme le mauvais principe qui influe sur mon café? Car, si je passais mon temps à t'écouter lire et à te regarder dans les yeux, comme tu l'exiges, mon café bouillonnerait déjà sur les cendres, et vous n'auriez tous rien à déjeuner.

Nathanaël referma le livre avec violence, et parcourut la chambre d'un air irrité. Jadis, il excellait à composer des histoires agréables et animées qu'il écrivait avec art, et Clara trouvait un plaisir excessif à les entendre; mais depuis, ses compositions étaient devenues sombres, vagues, inintelligibles, et il était facile de voir au silence de Clara qu'elle les trouvait peu agréables. Rien n'était plus mortel pour Clara, que l'ennui; dans ses regards et dans ses discours, se trahissaient aussitôt un sommeil et un engourdissement insurmontables; et les compositions de Nathanaël étaient devenues véritablement fort ennuyeuses. Son humeur contre la disposition froide et positive de sa fiancée s'accroissait chaque jour, et Clara ne pouvait cacher le mécontentement que lui faisait éprouver le sombre et fastidieux mysticisme de son ami; c'est ainsi qu'insensiblement leurs âmes s'éloignaient de plus en plus l'une de l'autre. Enfin, Nathanaël nourrissant toujours la pensée que Coppelius devait troubler sa vie, en vint à le prendre pour le sujet d'une de ses poésies. Il se représenta avec Clara, liés d'un amour tendre et fidèle; mais au milieu de leur bonheur, une main noire s'étendait de temps en temps sur eux, et leur ravissait quelqu'une de leurs joies. Enfin, au moment où ils se trouvaient devant l'autel où ils devaient être unis, l'horrible Coppelius apparaissait et touchait les yeux charmants de Clara qui s'élançaient aussitôt dans le sein de Nathanaël, où ils pénétraient avec l'ardeur de deux charbons ardents. Coppelius s'emparait de lui et le jetait dans un cercle de feu qui tournait avec la rapidité de la tempête, et l'entraînait au milieu de sourds et bruyants murmures. C'était un déchaînement, comme lorsque l'ouragan fouette avec colère les vagues écumantes qui grandissent et s'abaissent dans leur lutte furieuse, ainsi que des noirs géants à têtes blanchies. Du fond de ces gémissements, de ces cris, de ces bruissements sauvages, s'élevait la voix de Clara: «Ne peux-tu donc pas me regarder?» disait-elle. «Coppelius t'a abusé, ce n'étaient pas mes yeux qui brûlaient dans ton sein, c'étaient les gouttes bouillantes de ton propre sang pris au cœur. J'ai mes yeux, regarde-moi!» Tout à coup le cercle de feu cessa de tourner, les mugissements s'apaisèrent, Nathanaël vit sa fiancée; mais c'était la mort décharnée qui le regardait d'un air amical avec les yeux de Clara.

En composant ce morceau, Nathanaël resta fort calme et réfléchi; il lima et améliora chaque vers, et comme il s'était soumis à la gêne des formes métriques, il n'eut pas de relâche jusqu'à ce que le tout fût bien pur et harmonieux. Mais lorsqu'il eut enfin achevé sa tâche, et qu'il relut ses stances, une horreur muette s'empara de lui, et il s'écria avec effroi: Quelle voix épouvantable se fait entendre! – Ensuite il reconnut qu'il avait réussi à composer des vers remarquables, et il lui sembla que l'esprit glacial de Clara devait s'enflammer à leur lecture, quoiqu'il ne se rendît pas bien compte de la nécessité d'enflammer l'esprit de Clara, et du désir qu'il avait de remplir son âme d'images horribles et de pressentiments funestes à leur amour. – Nathanaël et Clara se trouvaient dans le petit jardin de la maison. Clara était très gaie, parce que, depuis trois jours que Nathanaël était occupé de ses vers, il ne l'avait pas tourmentée de ses prévisions et de ses rêves. De son côté, Nathanaël parlait avec plus de vivacité et semblait plus joyeux que de coutume. Clara lui dit: Enfin, je t'ai retrouvé tout entier; tu vois bien que nous avons tout à fait banni le hideux Coppelius? – Nathanaël se souvint alors qu'il avait ses vers dans sa poche. Il tira aussitôt le cahier où ils se trouvaient, et se mit à les lire. Clara, s'attendant à quelque chose d'ennuyeux, comme de coutume, et se résignant, se mit à tricoter paisiblement. Mais les nuages noirs s'amoncelant de plus en plus devant elle, elle laissa tomber son ouvrage et regarda fixement Nathanaël. Celui-ci continua sans s'arrêter, ses joues se colorèrent, des larmes coulèrent de ses yeux; enfin, en achevant, sa voix s'éteignit, et il tomba dans un abattement profond. – Il prit la main de Clara, et prononça plusieurs fois son nom en soupirant. Clara le pressa doucement contre son sein, et lui dit d'une voix grave: Nathanaël, mon bien-aimé Nathanaël! jette au feu cette folle et absurde histoire!

Nathanaël se leva aussitôt, et s'écria en repoussant Clara: – Loin de moi, stupide automate! et il s'échappa. Clara répandit un torrent de larmes. – Ah! s'écria-t-elle, il ne m'a jamais aimée, car il ne me comprend pas. Et elle se mit à gémir. – Lothaire entra dans le bosquet. Clara fut obligée de lui conter ce qui venait de se passer. Il aimait sa sœur de toute son âme, chacune de ses paroles excita sa fureur, et le mécontentement qu'il nourrissait contre Nathanaël et ses rêveries fit place à une indignation profonde. Il courut le trouver, et lui reprocha si durement l'insolence de sa conduite envers Clara, que le fougueux Nathanaël ne put se contenir plus longtemps. Les mots de fat, d'insensé et de fantasque furent échangés contre ceux d'âme matérielle et vulgaire. Le combat devint dès lors inévitable. Ils résolurent de se rendre le lendemain matin derrière le jardin, et de s'attaquer, selon les usages académiques, avec de courtes rapières. Ils se séparèrent d'un air sombre. Clara avait entendu une partie de ce débat; elle prévit ce qui devait se passer. – Arrivés sur le lieu du combat, Lothaire et Nathanaël venaient de se dépouiller silencieusement de leurs habits, et ils s'étaient placés vis-à-vis l'un de l'autre, les yeux étincelants d'une ardeur meurtrière, lorsque Clara ouvrit précipitamment la porte du jardin, et se jeta entre eux. – Vous me tuerez avant que de vous battre, forcenés que vous êtes ! Tuez-moi ! oh ! tuez-moi ! Voudriez-vous que je survécusse à la mort de mon frère ou à celle de mon amant ! Lothaire laissa tomber son arme, et baissa les yeux en silence ; mais Nathanaël sentit renaître en lui tous les feux de l'amour ; il revit Clara telle qu'il la voyait autrefois ; son épée s'échappa de sa main, et il se jeta aux pieds de Clara. – Pourras-tu jamais me pardonner, ô ma Clara, ma chérie, mon unique amour ! Mon frère Lothaire, oublieras-tu mes torts ?

Lothaire s'élança dans ses bras ; ils s'embrassèrent tous les trois en pleurant, et se jurèrent de rester éternellement unis par l'amour et par l'amitié. Pour Nathanaël, il lui semblait qu'il fût déchargé d'un poids immense qui l'accablait, et qu'il eût trouvé assistance contre les influences funestes qui avaient terni son existence. Après trois jours de bonheur, passés avec ses amis, il repartit pour Goettingen, où il devait séjourner un an, puis revenir pour toujours dans sa ville natale. On cacha à la mère de Nathanaël tout ce qui avait trait à Coppelius ; car on savait qu'elle ne pouvait songer sans effroi à cet homme à qui elle attribuait la mort de son mari.

V

Quel fut l'étonnement de Nathanaël, lorsque voulant entrer dans sa demeure, il vit que la maison tout entière avait brûlé, et qu'il n'en restait qu'un monceau de décombres, autour desquels s'élevaient les quatre murailles nues et noircies. Bien que le feu eût éclaté dans le laboratoire du chimiste, situé au plus bas étage, les amis de Nathanaël étaient parvenus à pénétrer courageusement dans sa chambre, et à sauver ses livres, ses manuscrits et ses instruments. Le tout avait été transporté dans une autre maison, où ils avaient loué une chambre dans laquelle Nathanaël s'installa. Il ne remarqua pas d'abord qu'il demeurait vis-à-vis du professeur Spalanzani, et il ne s'attacha pas beaucoup à contempler Olimpia, dont il pouvait distinctement apercevoir la figure, bien que ses traits restassent couverts d'un nuage causé par l'éloignement. Mais enfin il fut frappé de voir Olimpia rester durant des heures entières dans la même position, telle qu'il l'avait entrevue un jour à travers la porte de glace; inoccupée, les mains posées sur une petite table et les yeux invariablement dirigés vers lui. Nathanaël s'avouait qu'il n'avait jamais vu une si belle taille; mais l'image de Clara était dans son cœur, et il resta indifférent à la vue d'Olimpia; seulement, de temps en temps, il jetait un regard furtif, par-dessus son compendium, vers la belle statue. C'était là tout. Un jour, il était occupé à écrire à Clara, lorsqu'on frappa doucement à sa porte. À son invitation, on l'ouvrit, et la figure repoussante de Coppola se montra dans la chambre. Nathanaël se sentit remué jusqu'au fond de l'âme; mais songeant à ce que Spalanzani lui avait dit au sujet de son compatriote Coppola, et à ce qu'il avait promis à sa bien-aimée touchant l'Homme au Sable Coppelius, il eut honte de sa faiblesse enfantine, et il fit un effort sur lui-même pour parler avec douceur à cet étranger. Je n'achète point de baromètres, mon cher ami, lui dit-il. Allez, et laissez-moi seul.

Mais Coppola s'avança jusqu'au milieu de la chambre et lui dit d'une voix rauque, en contractant sa vaste bouche pour lui faire former un horrible sourire: – Vous ne voulez point de baromètres? mais z'ai aussi à vendre des youx, des zolis youx! – Des yeux, dis-tu? s'écria Nathanaël hors de lui, comment peux-tu avoir des yeux?

Mais en un instant, Coppola se fut débarrassé de ses tubes, et fouillant dans une poche immense, il en tira des lunettes qu'il déposa sur la table. – Ce sont des lunettes, des lunettes pour mettre sur le nez! Des youx! des bons youx, signore! En parlant ainsi, il ne cessait de retirer des lunettes de sa poche, en si grand nombre, que la table où elles se trouvaient, frappée par un rayon du soleil, étincela tout à coup d'une mer de feux prismatiques. Des milliers d'yeux semblaient darder des regards flamboyants sur Nathanaël; mais il ne pouvait détourner les siens de la table; Coppola ne cessait d'y amonceler des lunettes, et ces regards devenant de plus en plus innombrables, étincelaient toujours davantage et formaient comme un faisceau de rayons sanglants qui venaient se perdre sur la poitrine de Nathanaël. Frappé d'un effroi sans nom, il s'élança sur Coppola, et arrêta son bras au moment où il plongeait encore une fois sa main dans sa poche pour en tirer de nouvelles lunettes, bien que toute la table en fût encombrée. – Arrête, arrête, homme terrible ! lui cria-t-il.

Coppola se débarrassa doucement de lui, en ricanant et en disant : – Allons, allons, ce n'est pas pour vous, signore ! Mais voici les lorgnettes, des zolies lorgnettes ! Et en un clin-d'œil, il eut fait disparaître toutes les lunettes, et tiré d'une autre poche une multitude de lorgnettes de toutes les dimensions. Dès que les lunettes eurent disparu, Nathanaël redevint calme, et songeant à Clara, il se persuada que toutes ces apparitions naissaient de son cerveau. Coppola ne fut plus à ses yeux un magicien et un spectre effrayant, mais un honnête opticien dont les instruments n'offraient rien de surnaturel ; et pour tout réparer, il résolut de lui acheter quelque chose. Il prit donc une jolie lorgnette de poche, artistement travaillée, et pour en faire l'essai, il s'approcha de la fenêtre. Jamais il n'avait trouvé un instrument dont les verres fussent aussi exacts et aussi bien combinés pour rapprocher les objets sans nuire à la perspective, et pour les reproduire dans toute leur exactitude. Il tourna involontairement la lorgnette vers l'appartement de Spalanzani. Olimpia était assise comme de coutume, devant la petite table, les mains jointes. Nathanaël s'aperçut alors pour la première fois de la beauté des traits d'Olimpia. Les yeux seuls lui semblaient singulièrement fixes et comme morts : mais plus il regardait à travers la lunette, plus il semblait que les yeux d'Olimpia s'animassent de rayons humides. C'était comme si le point visuel se fût allumé subitement, et ses regards devenaient à chaque instant plus vivaces et plus brillants. Nathanaël, perdu dans la contemplation de la céleste Olimpia, était enchaîné près de la fenêtre, comme par un charme. Le bruit qui se fit entendre près de lui, le réveilla de son rêve. C'était Coppola qui le tirait par l'habit. – *Tre Zechini*, trois ducats, disait-il.

Nathanaël avait complètement oublié l'opticien ; il lui paya promptement le prix qu'il lui demandait. – N'est-ce pas, une belle lorgnette, une belle lorgnette ? dit Coppola en laissant échapper un gros rire. – Oui, oui ! répondit Nathanaël avec humeur. Adieu, mon cher ami. Allez, allez. Et Coppola quitta la chambre, non sans lancer un singulier regard à Nathanaël, qui l'entendit rire aux éclats, en descendant. – Sans doute il se moque de moi, parce que j'ai payé trop cher cette lorgnette ! se dit-il.

En ce moment, un soupir plaintif se fit entendre derrière lui. Nathanaël put à peine respirer, tant fut grand son effroi. Il écouta quelques instants. – Clara a bien raison de me traiter de visionnaire, dit-il enfin. Mais n'est-il pas singulier que l'idée d'avoir payé trop cher cette lorgnette à Coppola m'ait causé un sentiment d'épouvante ! Il se remit alors à sa table pour terminer sa lettre à Clara, mais un regard jeté vers la fenêtre, lui apprit qu'Olimpia était encore là ; et au même instant, poussé par une force irrésistible, il saisit la lorgnette de Coppola et ne se détacha des regards séducteurs de sa belle voisine qu'au moment où son camarade Sigismond vint l'appeler pour se rendre au cours du professeur Spalanzani. Le rideau de la porte de glace était soigneusement abaissé, il ne put voir Olimpia. Les deux jours suivants, elle se déroba également à ses regards, bien qu'il ne quittât pas un instant la fenêtre, la paupière collée contre le verre de sa lorgnette. Le troisième jour même, les rideaux des croisées s'abaissèrent. Plein de désespoir, brûlant d'ardeur et de désir, il courut hors de la ville. Partout l'image d'Olimpia flottait devant lui dans les airs ; elle s'élevait au-dessus de chaque touffe d'arbre, de chaque buisson, et elle le regardait avec des yeux étincelants, du fond des ondes claires de chaque ruisseau. Celle de Clara était entièrement effacée de son âme ; il ne songeait à rien qu'à Olimpia, et il s'écriait en gémissant : – Astre brillant de mon amour, ne t'es-tu donc levé que pour disparaître aussitôt, et me laisser dans une nuit profonde !

VI

En rentrant dans sa demeure, Nathanaël s'aperçut qu'un grand mouvement avait lieu dans la maison du professeur. Les portes étaient ouvertes, on apportait une grande quantité de meubles ; les fenêtres des premiers étages étaient levées, des servantes affairées allaient et venaient, armées de longs balais ; et des menuisiers, des tapissiers faisaient retentir la maison de coups de marteau. Nathanaël s'arrêta dans la rue, frappé de surprise. Sigismond s'approcha de lui, et lui dit en riant : – Hé bien, que dis-tu de notre vieux Spalanzani ? Nathanaël lui répondit qu'il ne pouvait absolument rien dire du professeur, attendu qu'il ne savait rien sur lui, mais qu'il ne pouvait assez s'étonner du bruit et du tumulte qui régnaient dans cette maison toujours si monotone et si tranquille. Sigismond lui apprit alors que Spalanzani devait donner le lendemain une grande fête, concert et bal, et que la moitié de l'université avait été invitée. On répandait le bruit que Spalanzani laisserait paraître, pour la première fois, sa fille Olimpia qu'il avait cachée jusqu'alors, avec une sollicitude extrême à tous les yeux. Nathanaël trouva chez lui une lettre d'invitation, et se rendit, le cœur agité, chez le professeur, à l'heure fixée, lorsque les voitures commençaient à affluer, et que les salons resplendissaient déjà de lumières. La réunion était nombreuse et brillante. Olimpia parut dans un costume d'une richesse extrême et d'un goût parfait. On ne pouvait se défendre d'admirer ses formes et ses traits. Ses épaules, légèrement arrondies, la finesse de sa taille qui ressemblait à un corsage d'une guêpe, avaient une grâce extrême, mais on remarquait quelque chose de mesuré et de raide dans sa démarche qui excita quelques critiques. On attribua cette gêne à l'embarras que lui causait le monde si nouveau pour elle. Le concert commença. Olimpia joua du piano avec une habileté sans égale, et elle dit un air de bravoure, d'une voix si claire et si argentine, qu'elle ressemblait au son d'une cloche de cristal. Nathanaël était plongé dans un ravissement profond; il se trouvait placé aux derniers rangs des auditeurs; et l'éclat des bougies l'empêchait de bien reconnaître les traits d'Olimpia. Sans être vu, il tira la lorgnette de Coppola, et se mit à contempler la belle cantatrice. Dieu! quel fut son délire! il vit alors que les regards pleins de désirs de la charmante Olimpia cherchaient les siens, et que les expressions d'amour de son chant semblaient s'adresser à lui. Les roulades brillantes retentissaient aux oreilles de Nathanaël comme le frémissement céleste de l'amour heureux, et lorsque enfin le morceau se termina par un long trillo qui retentit dans la salle en éclats harmonieux, il ne put s'empêcher de s'écrier dans son extase: Olimpia! Olimpia! Tous les yeux se tournèrent vers Nathanaël; les étudiants, qui se trouvèrent près de lui, se mirent à rire. L'organiste de la cathédrale prit un air sombre et lui fit signe de se contenir. Le concert était terminé, le bal commença. – Danser avec elle! Avec elle! – Ce fut là le but de tous les désirs de Nathanaël, de tous ses efforts;

mais comment s'élever à ce degré de courage ; l'inviter, elle, la reine de la fête ? Cependant il ne sut lui-même comment la chose s'était faite ; mais la danse avait déjà commencé lorsqu'il se trouva tout près d'Olimpia, qui n'avait pas encore été invitée, et après avoir balbutié quelques mots, sa main se plaça dans la sienne. La main d'Olimpia était glacée, et dès cet attouchement, il se sentit lui-même pénétré d'un froid mortel. Il regarda Olimpia ; l'amour et le désir parlaient dans ses yeux, et alors il sentit aussitôt les artères de cette main froide battre avec violence, et un sang brûlant circuler dans ces veines glaciales. Nathanaël frémit, son cœur se gonfla d'amour ; de son bras, il ceignit la taille de la belle Olimpia et traversa, avec elle, la foule des valseurs. Jusqu'alors il se croyait danseur consommé et fort attentif à l'orchestre ; mais à la régularité toute rythmique avec laquelle dansait Olimpia, et qui le mettait souvent hors de toute mesure, il reconnut bientôt combien son oreille avait jusqu'alors défailli. Toutefois, il ne voulut plus danser avec aucune autre femme, et il eût volontiers égorgé quiconque se fût approché d'Olimpia pour l'inviter. Mais cela n'arriva que deux fois, et, à la grande surprise de Nathanaël, il put danser avec elle durant toute la fête.

Si Nathanaël eût été en état de voir quelque chose outre Olimpia, il n'eût pas évité des querelles funestes ; car des murmures moqueurs, des rires mal étouffés s'échappaient de tous les groupes de jeunes gens dont les regards curieux s'attachaient à la belle Olimpia, sans qu'on pût en connaître le motif. Échauffé par la danse, par le punch, Nathanaël avait déposé sa timidité naturelle ; il avait pris place auprès d'Olimpia, et, sa main dans la sienne, il lui parlait de son amour en termes exaltés que personne ne pouvait comprendre, ni Olimpia, ni lui-même. Cependant elle le regardait invariablement dans les yeux, et soupirant avec ardeur, elle faisait sans cesse entendre ces exclamations : Ah ! ah ! ah ! – Ô femme céleste, créature divine, disait Nathanaël, rayon de l'amour qu'on nous promet dans l'autre vie ! Âme claire et profonde dans laquelle se mire tout mon être ! Mais Olimpia se bornait à soupirer de nouveau et à répondre : Ah ! ah !

Le professeur Spalanzani passa plusieurs fois devant les deux amants et se mit à sourire avec satisfaction, mais d'une façon singulière, en les voyant ensemble. Cependant du milieu d'un autre hémisphère où l'amour l'avait transporté, il sembla bientôt à Nathanaël, que les appartements du professeur devenaient moins brillants ; il regarda autour de lui, et ne fut pas peu effrayé, en voyant que les deux dernières bougies qui étaient restées allumées menaçaient de s'éteindre. Depuis longtemps la musique et la danse avaient cessé. – Se séparer, se séparer ! s'écria-t-il avec douleur et dans un profond désespoir. Il se leva alors pour baiser la main d'Olimpia, mais elle s'inclina vers lui et des lèvres glacées reposèrent sur ses lèvres brûlantes ! – La légende de la Morte Fiancée lui vint subitement à l'esprit, il se sentit saisi d'effroi, comme lorsqu'il avait touché la froide main d'Olimpia ; mais celle-ci le retenait pressé contre son cœur, et dans leurs baisers, ses lèvres semblaient s'échauffer du feu de la vie. Le professeur Spalanzani traversa lentement la salle déserte ; ses pas retentissaient sur le parquet, et sa figure, entourée d'ombres vacillantes, lui donnait l'apparence d'un spectre. – M'aimes-tu ? – M'aimes-tu, Olimpia ? – Rien que ce mot ! – M'aimes-tu ? Ainsi murmurait Nathanaël. Mais Olimpia soupira seulement, et prononça en se levant : Ah ! ah ! – Mon ange, dit Nathanaël, ta vue est pour moi un phare qui éclaire mon âme pour toujours ! – Ah ! ah ! répliqua Olimpia en s'éloignant. Nathanaël la suivit ; ils se trouvèrent devant le professeur. – Vous vous êtes entretenu bien vivement avec ma fille, dit le professeur en souriant. Allons, allons, mon cher monsieur Nathanaël, si vous trouvez du goût à converser avec cette jeune fille timide, vos visites me seront fort agréables.

Nathanaël prit congé, et s'éloigna emportant le ciel dans son cœur.

VII

Le lendemain, la fête de Spalanzani fut l'objet de toutes les conversations. Bien que le professeur eût fait tous ses efforts pour se montrer d'une façon splendide, on trouva toutefois mille choses à critiquer, et l'on s'attacha surtout à déprécier la raide et muette Olimpia, que l'on accusa de stupidité complète ; on s'expliqua par ce défaut le motif qui avait porté Spalanzani à la tenir cachée jusqu'alors. Nathanaël n'entendit pas ces propos sans colère ; mais il garda le silence, car il pensait que ces misérables ne méritaient pas qu'on leur démontrât que leur propre stupidité les empêchait de connaître la beauté de l'âme d'Olimpia. – Fais-moi un plaisir, frère, lui dit un jour Sigismond, dis-moi comment il se fait qu'un homme sensé comme toi, se soit épris de cet automate, de cette figure de cire ?

Nathanaël allait éclater, mais il se remit promptement, et il répondit : – Dis-moi, Sigismond, comment il se fait que les charmes célestes d'Olimpia aient échappé à tes yeux clairvoyants ; à ton âme ouverte à toutes les impressions du beau ! Mais je rends grâce au sort de ne t'avoir point pour rival, car il faudrait alors que l'un de nous tombât sanglant aux pieds de l'autre !

Sigismond vit bien où en était son ami ; il détourna adroitement le propos, et ajouta, après avoir dit qu'en amour on ne pouvait juger d'aucun objet : – Il est cependant singulier qu'un grand nombre de nous aient porté le même jugement sur Olimpia. Elle nous a semblé... – ne te fâche point, frère, – elle nous a semblé à tous sans vie et sans âme. Sa taille est régulière, ainsi que son visage, il est vrai, et elle pourrait passer pour belle, si ses yeux lui servaient à quelque chose. Sa marche est bizarrement cadencée, et chacun de ses mouvements lui semble imprimé par des rouages qu'on fait successivement agir. Son jeu, son chant, ont cette mesure régulière et désagréable, qui rappelle le jeu de la machine ; il en est de même de sa danse. Cette Olimpia est devenue pour nous un objet de répulsion, et nous ne voudrions rien avoir de commun avec elle ; car il nous semble qu'elle appartient à un ordre d'êtres inanimés, et qu'elle fait semblant de vivre.

Nathanaël ne s'abandonna pas aux sentiments d'amertume que firent naître en lui ces paroles de Sigismond. Il répondit simplement et avec gravité : – Pour vous autres, âmes prosaïques, il se peut qu'Olimpia vous soit un être étrange. Une organisation semblable ne se révèle qu'à l'âme d'un poète ! Ce n'est qu'à moi que s'est adressé le feu de son regard d'amour ; ce n'est que dans Olimpia que j'ai retrouvé mon être. Elle ne se livre pas, comme les esprits superficiels, à des conversations vulgaires ; elle prononce peu de mots, il est vrai ; mais ce peu de mots, c'est comme l'hiéroglyphe du monde invisible, monde plein d'amour et de connaissance de la vie intellectuelle en contemplation de l'éternité. Tout cela aussi n'a pas de sens pour vous, et ce sont autant de paroles perdues! – Dieu te garde, mon cher camarade! dit Sigismond avec douceur et d'un ton presque douloureux; mais il me semble que tu es en mauvais chemin. Compte sur moi, si tout... non, je ne veux pas t'en dire davantage.

Nathanaël crut voir tout à coup que le froid et prosaïque Sigismond lui avait voué une amitié loyale, et il lui serra cordialement la main. Nathanaël avait complètement oublié qu'il y avait dans le monde une Clara qu'il avait aimée autrefois. Sa mère, Lothaire, tous ces êtres étaient sortis de sa mémoire; il ne vivait plus que pour Olimpia, auprès de laquelle il se rendait sans cesse pour lui parler de son amour, de la sympathie des âmes, des affinités psychiques, toutes choses qu'Olimpia écoutait d'un air fort édifié. Nathanaël tira des profondeurs de son pupitre tout ce qu'il avait écrit autrefois, poésies, fantaisies, visions, romans, nouvelles; ces élucubrations s'augmentaient chaque jour de sonnets et de stances recueillis dans l'air bleu ou au clair de la lune, et il lisait toutes ces choses à Olimpia, sans se fatiguer. Mais aussi il n'avait jamais trouvé un auditeur aussi admirable. Elle ne brodait et ne tricotait pas, elle ne regardait pas la fenêtre, elle ne nourrissait pas d'oiseau, elle ne jouait pas avec un petit chien, avec un chat favori, elle ne contournait pas un morceau de papier dans ses doigts, elle n'essayait pas de calmer un bâillement par une petite toux forcée; bref, elle le regardait durant des heures entières, sans se reculer et sans se remuer, et son regard devenait de plus en plus brillant et animé; seulement, lorsque Nathanaël se levait enfin, et prenait sa main pour la porter à ses lèvres, elle disait: Ah! ah! puis: Bonne nuit, mon ami. – Âme sensible et profonde! s'écriait Nathanaël en rentrant dans sa chambre, toi seule, toi seule au monde tu sais me comprendre! – Il frémissait de bonheur, en songeant aux rapports intellectuels qui existaient entre lui et Olimpia, et qui s'augmentaient chaque jour, et il lui semblait qu'une voix intérieure lui eût exprimé les sentiments de la charmante fille du professeur. Il fallait bien qu'il en eût été ainsi; car Olimpia ne prononçait jamais d'autres mots que ceux que j'ai cités. Mais lorsque Nathanaël se souvenait dans ses moments lucides (comme le matin en se réveillant, lorsque l'âme est à *jeun* d'impressions), du mutisme et de l'inertie d'Olimpia, il se consolait en disant: Que sont les mots? – Rien que des mots! Son regard céleste en dit plus que tous les langages. Son cœur est-il donc forcé de se resserrer dans le cercle étroit de nos besoins, et d'imiter nos cris plaintifs et misérables, pour exprimer sa pensée ? Le professeur Spalanzani parut enchanté des liaisons de sa fille avec Nathanaël, et il en témoigna sa satisfaction d'une manière non équivoque, en disant qu'il laisserait sa fille choisir librement son époux. – Encouragé par ces paroles, le cœur brûlant de désirs, Nathanaël résolut de supplier, le lendemain, Olimpia de lui dire en paroles expresses, ce que ses regards lui donnaient à entendre depuis si longtemps. Il chercha l'anneau que sa mère lui avait donné en le quittant, car il voulait le mettre au doigt d'Olimpia, en signe d'union éternelle. Tandis qu'il se livrait à cette recherche, les lettres de Lothaire et de Clara tombèrent sous ses mains ; il les rejeta avec indifférence, trouva l'anneau, le passa à son doigt, et courut auprès d'Olimpia. Il montait déjà les degrés, et il se trouvait sous le vestibule, lorsqu'il entendit un singulier fracas. Le bruit semblait venir de la chambre d'étude de Spalanzani : un trépignement, des craquements, des coups sourds, frappés contre une porte, et entremêlés de malédictions et de jurements. – Lâcheras-tu ! lâcheras-tu ! infâme ! misérable ! Après y avoir sacrifié mon corps et ma vie ! – Ah ! ah ! ah ! ah ! Ce n'était pas là notre marché. Moi, j'ai fait les yeux !

— Moi, les rouages !

— Imbécile, avec tes rouages !

— Maudit chien !

— Misérable horloger !

— Éloigne-toi, satan !

— Arrête, vil manœuvre !

— Bête infernale ! t'en iras-tu ?

— Lâcheras-tu ?

C'était la voix de Spalanzani et celle de l'horrible Coppelius, qui se mêlaient et tonnaient ensemble. Nathanaël, saisi d'effroi, se précipita dans le cabinet. Le professeur avait pris un corps de femme par les épaules, l'Italien Coppola le tenait par les pieds, et ils se l'arrachaient, et ils le tiraient d'un côté et de l'autre, luttant avec fureur pour le posséder. Nathanaël recula tremblant d'horreur, en reconnaissant cette figure pour celle d'Olimpia ; enflammé de colère, il s'élança sur ces deux furieux, pour leur enlever sa bien-aimée ; mais, au même instant, Coppola arracha avec vigueur le corps d'Olimpia des mains du professeur, et le soulevant, il l'en frappa si violemment, qu'il tomba à la renverse par-dessus la table, au milieu des fioles, des cornées et des cylindres qui se brisèrent en mille éclats. Coppola mit alors le corps sur ses épaules et descendit rapidement l'escalier, en riant aux éclats. On entendait les pieds d'Olimpia qui pendaient sur son dos, frapper les degrés de bois et retentir comme une matière dure. Nathanaël resta immobile. Il n'avait vu que trop distinctement que la figure de cire d'Olimpia n'avait pas d'yeux, et que de noires cavités lui en tenaient lieu. C'était un automate sans vie. Spalanzani se débattait sur le parquet ; des éclats de verre l'avaient blessé à la tête, à la poitrine et aux bras, et son sang jaillissait avec abondance ; mais il ne tarda pas à recueillir ses forces. – Poursuis-le ! poursuis-le !... que tardes-tu ! – Coppelius, le misérable Coppelius m'a ravi mon meilleur automate. J'y ai travaillé vingt ans... J'y ai sacrifié mon corps et ma vie !... les rouages, la parole, tout, tout était de moi. Les yeux... il te les avait volés. Le scélérat !... Cours après lui... rapporte-moi mon Olimpia..., en voilà les yeux...

Nathanaël aperçut alors sur le parquet une paire d'yeux sanglants qui le regardaient fixement. Spalanzani les saisit et les lui lança si vivement qu'ils vinrent frapper sa poitrine. Le délire le saisit alors et confondit toutes ses pensées. – Hui, hui, hui !... s'écria-t-il en pirouettant. Tourne, tourne, cercle de feu !... tourne, belle poupée de bois... allons, valsons gaiement !... gaiement, belle poupée !...

À ces mots, il se jeta sur le professeur et lui tordit le col. Il l'eût infailliblement étranglé, si quelques personnes attirées par le bruit, n'étaient accourues et n'avaient délivré des mains du furieux Nathanaël le professeur, dont on pansa aussitôt les blessures. Sigismond eut peine à se rendre maître de son camarade, qui ne cessait de crier d'une voix terrible : « Allons, valsons gaiement ! gaiement, belle poupée ! » et qui frappait autour de lui à coups redoublés. Enfin, on parvint à le renverser et à le garrotter. Sa parole s'affaiblit et dégénéra en un rugissement sauvage. Le malheureux Nathanaël resta en proie au plus affreux délire. On le transporta dans l'hospice des fous.

VIII

Avant que de m'occuper de l'infortuné Nathanaël, je dirai d'abord à ceux qui ont pris quelque intérêt à l'habile mécanicien et fabricant d'automates, Spalanzani, qu'il fut complètement guéri de ses blessures. Il se vit toutefois forcé de quitter l'université, parce que l'histoire de Nathanaël avait produit une grande sensation, et qu'on regarda comme une insolente tromperie la conduite qu'il avait tenue en menant sa poupée de bois dans les cercles de la ville où elle avait eu quelque succès. Les juristes trouvaient cette ruse d'autant plus punissable qu'elle avait été dirigée contre le public, et avec tant de finesse, qu'à l'exception de quelques étudiants profonds, personne ne l'avait devinée, bien que, depuis, chacun se vantât d'avoir conçu quelques soupçons. Les uns prétendaient avoir remarqué qu'Olimpia éternuait plus souvent qu'elle ne bâillait, ce qui choque tous les usages. C'était, disait-on, le résultat du mécanisme intérieur qui craquait alors d'une manière distincte. À ce sujet, le professeur de poésie et d'éloquence prit une prise, frappa sur sa tabatière, et dit solennellement : – Vous n'avez pas trouvé le point où gît la question, messieurs. Le tout est une allégorie, une métaphore continuée. – Me comprenez-vous ? *Sapienti sat !* – Mais un grand nombre de gens ne se contenta pas de cette explication. L'histoire de l'automate avait jeté de profondes racines dans leur âme, et il se glissa en eux une affreuse méfiance envers les figures humaines. Beaucoup d'amants, afin d'être bien convaincus qu'ils n'étaient pas épris d'un automate, exigèrent que leurs maîtresses dansassent hors de mesure, et chantassent un peu faux ; ils voulurent qu'elles se missent à tricoter lorsqu'ils leur faisaient la lecture, et avant toutes choses, ils exigèrent d'elles qu'elles parlassent quelquefois *réellement*, c'est-à-dire, que leurs paroles exprimassent quelquefois des sentiments et des pensées, ce qui fit rompre la plupart des liaisons amoureuses. Coppola avait disparu avant Spalanzani.

Nathanaël se réveilla un jour comme d'un rêve pénible et profond. Il ouvrit les yeux, et se sentit ranimé par un sentiment de bien-être infini, par une douce et céleste chaleur. Il était couché dans sa chambre, dans la maison de son père ; Clara était penchée sur son lit, auprès duquel se tenaient sa mère et Lothaire. – Enfin, enfin, mon bien-aimé Nathanaël! – Tu nous es donc rendu!

Ainsi parlait Clara d'une voix attendrie, en serrant dans ses bras son Nathanaël, dont les larmes coulèrent en abondance. – Ma Clara! ma Clara! s'écria-t-il, saisi de douleur et de ravissement.

Sigismond, qui avait fidèlement veillé près de son ami, entra dans la chambre. Nathanaël lui tendit la main: – Mon camarade, mon frère, lui dit-il, tu ne m'as donc pas abandonné!

Toutes les traces de la folie avaient disparu, et bientôt les soins de sa mère, de ses amis et de sa bien-aimée lui rendirent toutes ses forces. Le bonheur avait reparu dans cette maison. Un vieil oncle auquel personne ne songeait, était mort, et avait légué à la mère de Nathanaël une propriété étendue, située dans un lieu pittoresque, à une petite distance de la ville. C'est là où ils voulaient tous se retirer, la mère, Nathanaël avec sa Clara qu'il devait épouser, et Lothaire. Nathanaël était devenu plus doux que jamais; il avait retrouvé la naïveté de son enfance, et il appréciait bien alors l'âme pure et céleste de Clara. Personne ne lui rappelait, par le plus léger souvenir, ce qui s'était passé. Lorsque Sigismond s'éloigna, Nathanaël lui dit seulement: – Par Dieu, frère! j'étais en mauvais chemin, mais un ange m'a ramené à temps sur la route du ciel! cet ange, c'est Clara! – Sigismond ne lui en laissa pas dire davantage de crainte de le ramener à des idées fâcheuses. Le temps vint où ces quatre êtres heureux devaient aller habiter leur domaine champêtre. Dans la journée, ils traversèrent ensemble les rues de la ville pour faire quelques emplettes. La haute tour de la maison de ville jetait son ombre gigantesque sur le marché. – Si nous montions là-haut pour contempler encore une fois nos belles montagnes, dit Clara. Ce qui fut dit, fut fait. Nathanaël et Clara montèrent; la mère retourna au logis avec la servante, et Lothaire, peu désireux de gravir tant de marches, resta au bas du clocher. Bientôt les deux amants se trouvèrent près l'un de l'autre, sur la plus haute galerie de la tour, et leurs regards plongèrent dans les bois parfumés, derrière lesquels s'élevaient les montagnes bleues, comme des villes de géants. – Vois donc ce singulier bouquet d'arbres qui semble s'avancer vers nous! dit Clara. Nathanaël fouilla machinalement dans sa poche; il y trouva la lorgnette de Coppelius. Il la porta à ses yeux et vit l'image de Clara! Ses artères battirent avec violence, des éclairs pétillaient de ses yeux, et il se mit à mugir comme une bête féroce; puis il fit vingt bonds dans les airs, et s'écria en riant aux éclats: Belle poupée! valse gaiement! gaiement, belle poupée. – Saisissant alors Clara avec force, il voulut la précipiter du haut de la galerie; mais, dans son désespoir, Clara s'attacha nerveusement à la balustrade. Lothaire entendit les éclats de rire du furieux Nathanaël, il entendit les cris d'effroi de Clara; un horrible pressentiment s'empara de lui, il monta rapidement; la porte du second escalier était fermée. – Les cris de Clara augmentaient sans cesse. Éperdu de rage et d'effroi, il poussa si violemment la porte, qu'elle céda enfin. Les cris de Clara devenaient de plus en plus faibles: «Au secours... sauvez-moi, sauvez-moi...» Ainsi se mourait sa voix dans les airs. – Elle est morte, – assassinée par ce misérable! s'écriait Lothaire. La porte de la galerie était également fermée. Le désespoir lui donna des forces surnaturelles, il la fit sauter de ses gonds. – Dieu du ciel! Clara était balancée dans les airs hors de la galerie par Nathanaël; une seule de ses mains serrait encore les barreaux de fer du balcon. Rapide comme l'éclair, Lothaire s'empare de sa sœur, l'attire vers lui, et frappant d'un coup vigoureux Nathanaël au visage, il le force de se dessaisir de sa proie. Lothaire se précipita rapidement jusqu'au bas des marches, emportant dans ses bras sa sœur évanouie. – Elle était sauvée. – Nathanaël, resté seul sur la galerie, la parcourait en tous sens et bondissait dans les airs en s'écriant: Tourne, cercle de feu! tourne! – La foule s'était assemblée à ses cris, et, du milieu d'elle, on voyait Coppelius qui dépassait ses voisins de la hauteur des épaules. On voulut monter au clocher pour s'emparer de l'insensé; mais Coppelius dit en riant: Ah! ah! attendez un peu, il descendra tout seul! – Et il se mit à regarder comme les autres. Nathanaël s'arrêta tout à coup immobile. Il se baissa, regarda Coppelius, et s'écria d'une voix perçante: Ah! des beaux youx! des jolis youx! Et il se précipita par-dessus la galerie. Dès que Nathanaël se trouva étendu sur le pavé, la tête brisée, Coppelius disparut.

On assure que, quelques années après, on vit Clara dans une contrée éloignée, assise devant une jolie maison de plaisance qu'elle habitait. Près d'elle étaient son heureux mari et trois charmants enfants. Il faudrait en conclure que Clara trouva enfin le bonheur domestique que lui promettait son âme sereine et paisible, et que n'eût jamais pu lui procurer le fougueux et exalté Nathanaël.

Titre original:
Der Sandmann, *1816*

Traduit de l'allemand
par LOÈVE-VEIMARS

Théophile Gautier

La Cafetière

J'ai vu de sombres voiles
Onze étoiles,
La lune, aussi le soleil,
Me faisaient la révérence,
Tout le long de mon sommeil.

La Vision de Joseph

I

L'année dernière, je fus invité, ainsi que deux de mes camarades d'atelier, Arrigo Cohic et Pedrino Borgnioli, à passer quelques jours dans une terre au fond de la Normandie.

Le temps, qui, à notre départ, promettait d'être superbe, s'avisa de changer tout à coup, et il tomba tant de pluie, que les chemins creux où nous marchions étaient comme le lit d'un torrent.

Nous enfoncions dans la bourbe jusqu'aux genoux, une couche épaisse de terre grasse s'était attachée aux semelles de nos bottes, et par sa pesanteur ralentissait tellement nos pas que nous n'arrivâmes au lieu de notre destination qu'une heure après le coucher du soleil.

Nous étions harassés; aussi, notre hôte, voyant les efforts que nous faisions pour comprimer nos bâillements et tenir les yeux ouverts, aussitôt que nous eûmes soupé, nous fit conduire chacun dans notre chambre.

La mienne était vaste; je sentis, en y entrant, comme un frisson de fièvre, car il me sembla que j'entrais dans un monde nouveau.

En effet, l'on aurait pu se croire au temps de la Régence, à voir les dessus de porte de Boucher représentant les Quatre Saisons, les meubles surchargés d'ornements de rocaille du plus mauvais goût, et les trumeaux des glaces sculptés lourdement.

Rien n'était dérangé. La toilette couverte de boîtes à peignes, de houppes à poudrer, paraissait avoir servi la veille. Deux ou trois robes de couleurs changeantes, un éventail semé de paillettes d'argent, jonchaient le parquet bien ciré et, à mon grand étonnement, une tabatière d'écaille ouverte sur la cheminée était pleine de tabac encore frais.

Je ne remarquai ces choses qu'après que le domestique, déposant son bougeoir sur la table de nuit, m'eut souhaité un bon somme, et, je l'avoue, je commençai à trembler comme la feuille. Je me déshabillai promptement, je me couchai, et, pour en finir avec ces sottes frayeurs, je fermai bientôt les yeux en me tournant du côté de la muraille.

Mais il me fut impossible de rester dans cette position : le lit s'agitait sous moi comme une vague, mes paupières se retiraient violemment en arrière. Force me fut de me retourner et de voir.

Le feu qui flambait jetait des reflets rougeâtres dans l'appartement, de sorte qu'on pouvait sans peine distinguer les personnages de la tapisserie et les figures des portraits enfumés pendus à la muraille.

C'étaient les aïeux de notre hôte, des chevaliers bardés de fer, des conseillers en perruque, et de belles dames au visage fardé et aux cheveux poudrés à blanc, tenant une rose à la main.

Tout à coup le feu prit un étrange degré d'activité ; une lueur blafarde illumina la chambre, et je vis clairement que ce que j'avais pris pour de vaines peintures était la réalité ; car les prunelles de ces êtres encadrés remuaient, scintillaient d'une façon singulière ; leurs lèvres s'ouvraient et se fermaient comme des lèvres de gens qui parlent, mais je n'entendais rien que le tic-tac de la pendule et le sifflement de la bise d'automne.

Une terreur insurmontable s'empara de moi, mes cheveux se hérissèrent sur mon front, mes dents s'entre-choquèrent à se briser, une sueur froide inonda tout mon corps.

La pendule sonna onze heures. Le vibrement du dernier coup retentit longtemps, et, lorsqu'il fut éteint tout à fait…

Oh ! non, je n'ose pas dire ce qui arriva, personne ne me croirait, et l'on me prendrait pour un fou.

Les bougies s'allumèrent toutes seules ; le soufflet, sans qu'aucun être visible lui imprimât le mouvement, se prit à souffler le feu, en râlant comme un vieillard asthmatique, pendant que les pincettes fourgonnaient dans les tisons et que la pelle relevait les cendres.

Ensuite une cafetière se jeta en bas d'une table où elle était posée, et se dirigea, clopin-clopant, vers le foyer, où elle se plaça entre les tisons.

Quelques instants après, les fauteuils commencèrent à s'ébranler, et, agitant leurs pieds tortillés d'une manière surprenante, vinrent se ranger autour de la cheminée.

II

Je ne savais que penser de ce que je voyais ; mais ce qui me restait à voir était encore bien plus extraordinaire.

Un des portraits, le plus ancien de tous, celui d'un gros joufflu à barbe grise, ressemblant, à s'y méprendre, à l'idée que je me suis faite du vieux sir John Falstaff, sortit, en grimaçant, la tête de son cadre, et, après de grands efforts, ayant fait passer ses épaules et son ventre rebondi entre les ais étroits de la bordure, sauta lourdement par terre.

Il n'eut pas plutôt pris haleine, qu'il tira de la poche de son pourpoint une clef d'une petitesse remarquable ; il souffla dedans pour s'assurer si la forure était bien nette, et il l'appliqua à tous les cadres les uns après les autres.

Et tous les cadres s'élargirent de façon à laisser passer aisément les figures qu'ils renfermaient.

Petits abbés poupins, douairières sèches et jaunes, magistrats à l'air grave ensevelis dans de grandes robes noires, petits-maîtres en bas de soie, en culotte de prunelle, la pointe de l'épée en haut, tous ces personnages présentaient un spectacle si bizarre, que, malgré ma frayeur, je ne pus m'empêcher de rire.

Ces dignes personnages s'assirent ; la cafetière sauta légèrement sur la table. Ils prirent le café dans des tasses du Japon blanches et bleues, qui accoururent spontanément de dessus un secrétaire, chacune d'elles munie d'un morceau de sucre et d'une petite cuiller d'argent.

Quand le café fut pris, tasses, cafetières et cuillers disparurent à la fois, et la conversation commença, certes la plus curieuse que j'aie jamais ouïe, car aucun de ces étranges causeurs ne regardait l'autre en parlant : ils avaient tous les yeux fixés sur la pendule.

Je ne pouvais moi-même en détourner mes regards et m'empêcher de suivre l'aiguille, qui marchait vers minuit à pas imperceptibles.

Enfin, minuit sonna ; une voix, dont le timbre était exactement celui de la pendule, se fit entendre et dit :

— Voici l'heure, il faut danser.

Toute l'assemblée se leva. Les fauteuils se reculèrent de leur propre mouvement ; alors, chaque cavalier prit la main d'une dame, et la même voix dit :

— Allons, messieurs de l'orchestre, commencez !

J'ai oublié de dire que le sujet de la tapisserie était un concerto italien d'un côté, et de l'autre une chasse au cerf où plusieurs valets donnaient du cor, des piqueurs et les musiciens, qui, jusque-là, n'avaient fait aucun geste, inclinèrent la tête en signe d'adhésion.

Le maestro leva sa baguette, et une harmonie vive et dansante s'élança des deux bouts de la salle.

On dansa d'abord le menuet.

Mais les notes rapides de la partition exécutée par les musiciens s'accordaient mal avec ces graves révérences : aussi chaque couple de danseurs, au bout de quelques minutes, se mit à pirouetter comme une toupie d'Allemagne. Les robes de soie des femmes, froissées dans ce tourbillon dansant, rendaient des sons d'une nature particulière ; on aurait dit le bruit d'ailes d'un vol de pigeons. Le vent qui s'engouffrait par-dessous les gonflait prodigieusement, de sorte qu'elles avaient l'air de cloches en branle.

L'archet des virtuoses passait si rapidement sur les cordes, qu'il en jaillissait des étincelles électriques. Les doigts des flûteurs se haussaient et se baissaient comme s'ils eussent été de vif-argent ; les joues des piqueurs étaient enflées comme des ballons, et tout cela formait un déluge de notes et de trilles si pressés et de gammes ascendantes et descendantes si entortillées, si inconcevables, que les démons eux-mêmes n'auraient pu deux minutes suivre une pareille mesure.

Aussi, c'était pitié de voir tous les efforts de ces danseurs pour rattraper la cadence. Ils sautaient, cabriolaient, faisaient des ronds de jambe, des jetés battus et des entrechats de trois pieds de haut, tant que la sueur, leur coulant du front sur les yeux, leur emportait les mouches et le fard. Mais ils avaient beau faire, l'orchestre les devançait toujours de trois ou quatre notes.

La pendule sonna une heure; ils s'arrêtèrent. Je vis quelque chose qui m'avait échappé: une femme qui ne dansait pas.

Elle était assise dans une bergère au coin de la cheminée, et ne paraissait pas le moins du monde prendre part à ce qui se passait autour d'elle.

Jamais, même en rêve, rien d'aussi parfait ne s'était présenté à mes yeux; une peau d'une blancheur éblouissante, des cheveux d'un blond cendré, de longs cils et des prunelles bleues, si claires et si transparentes, que je voyais son âme à travers aussi distinctement qu'un caillou au fond d'un ruisseau.

Et je sentis que, si jamais il m'arrivait d'aimer quelqu'un, ce serait elle. Je me précipitai hors du lit, d'où jusque-là je n'avais pu bouger, et je me dirigeai vers elle, conduit par quelque chose qui agissait en moi sans que je pusse m'en rendre compte; et je me trouvai à ses genoux, une de ses mains dans les miennes, causant avec elle comme si je l'eusse connue depuis vingt ans.

Mais, par un prodige bien étrange, tout en lui parlant, je marquais d'une oscillation de tête la musique qui n'avait pas cessé de jouer; et, quoique je fusse au comble du bonheur d'entretenir une aussi belle personne, les pieds me brûlaient de danser avec elle.

Cependant je n'osais lui en faire la proposition.

Il paraît qu'elle comprit ce que je voulais, car, levant vers le cadran de l'horloge la main que je ne tenais pas:

— Quand l'aiguille sera là, nous verrons, mon cher Théodore.

Je ne sais comment cela se fit, je ne fus nullement surpris de m'entendre ainsi appelé par mon nom, et nous continuâmes à causer. Enfin, l'heure indiquée sonna, la voix au timbre d'argent vibra encore dans la chambre et dit:

— Angéla, vous pouvez danser avec monsieur, si cela vous fait plaisir, mais vous savez ce qui en résultera.

— N'importe, répondit Angéla d'un ton boudeur.

Et elle passa son bras d'ivoire autour de mon cou.

— *Prestissimo!* cria la voix.

Et nous commençâmes à valser. Le sein de la jeune fille touchait ma poitrine, sa joue veloutée effleurait la mienne, et son haleine suave flottait sur ma bouche.

Jamais de la vie je n'avais éprouvé une pareille émotion ; mes nerfs tressaillaient comme des ressorts d'acier, mon sang coulait dans mes artères en torrent de lave, et j'entendais battre mon cœur comme une montre accrochée à mes oreilles.

Pourtant cet état n'avait rien de pénible. J'étais inondé d'une joie ineffable et j'aurais toujours voulu demeurer ainsi, et, chose remarquable, quoique l'orchestre eût triplé de vitesse, nous n'avions besoin de faire aucun effort pour le suivre.

Les assistants, émerveillés de notre agilité, criaient bravo, et frappaient de toutes leurs forces dans leurs mains, qui ne rendaient aucun son.

Angéla, qui jusqu'alors avait valsé avec une énergie et une justesse surprenantes, parut tout à coup se fatiguer ; elle pesait sur mon épaule comme si les jambes lui eussent manqué ; ses petits pieds, qui, une minute auparavant, effleuraient le plancher, ne s'en détachaient que lentement, comme s'ils eussent été chargés d'une masse de plomb.

— Angéla, vous êtes lasse, lui dis-je, reposons-nous.

— Je le veux bien, répondit-elle en s'essuyant le front avec son mouchoir. Mais, pendant que nous valsions, ils se sont tous assis ; il n'y a plus qu'un fauteuil, et nous sommes deux.

— Qu'est-ce que cela fait, mon bel ange ? Je vous prendrai sur mes genoux.

III

Sans faire la moindre objection, Angéla s'assit, m'entourant de ses bras comme d'une écharpe blanche, cachant sa tête dans mon sein pour se réchauffer un peu, car elle était devenue froide comme un marbre.

Je ne sais pas combien de temps nous restâmes dans cette position, car tous mes sens étaient absorbés dans la contemplation de cette mystérieuse et fantastique créature.

Je n'avais plus aucune idée de l'heure ni du lieu ; le monde réel n'existait plus pour moi, et tous les liens qui m'y attachent étaient rompus; mon âme, dégagée de sa prison de boue, nageait dans le vague et l'infini; je comprenais ce que nul homme ne peut comprendre, les pensées d'Angéla se révélant à moi sans qu'elle eût besoin de parler; car son âme brillait dans son corps comme une lampe d'albâtre, et les rayons partis de sa poitrine perçaient la mienne de part en part.

L'alouette chanta, une lueur pâle se joua sur les rideaux.

Aussitôt qu'Angéla l'aperçut, elle se leva précipitamment, me fit un geste d'adieu, et, après quelques pas, poussa un cri et tomba de sa hauteur.

Saisi d'effroi, je m'élançai pour la relever... Mon sang se fige rien que d'y penser: je ne trouvai rien que la cafetière brisée en mille morceaux.

À cette vue, persuadé que j'avais été le jouet de quelque illusion diabolique, une telle frayeur s'empara de moi, que je m'évanouis.

IV

Lorsque je repris connaissance, j'étais dans mon lit; Arrigo Cohic et Pedrino Borgnioli se tenaient debout à mon chevet.

Aussitôt que j'eus ouvert les yeux, Arrigo s'écria:

— Ah! ce n'est pas dommage! voilà bientôt une heure que je te frotte les tempes d'eau de Cologne.

» Que diable as-tu fait cette nuit? Ce matin, voyant que tu ne descendais pas, je suis entré dans ta chambre, et je t'ai trouvé tout du long étendu par terre, en habit à la française, serrant dans tes bras un morceau de porcelaine brisée, comme si c'eût été une jeune et jolie fille.

— Pardieu! c'est l'habit de noce de mon grand-père, dit l'autre en soulevant une des basques de soie fond rose à ramages verts. Voilà les boutons de strass et de filigrane qu'il nous vantait tant.

» Théodore l'aura trouvé dans quelque coin et l'aura mis pour s'amuser. Mais à propos de quoi t'es-tu trouvé mal? ajouta Borgnioli. Cela est bon pour une petite-maîtresse qui a des épaules blanches; on la délace, on lui ôte ses colliers, son écharpe, et c'est une belle occasion de faire des minauderies.

— Ce n'est qu'une faiblesse qui m'a pris ; je suis sujet à cela, répondis-je sèchement.

Je me levai, je me dépouillai de mon ridicule accoutrement.

Et puis l'on déjeuna.

Mes trois camarades mangèrent beaucoup et burent encore plus ; moi, je ne mangeais presque pas, le souvenir de ce qui s'était passé me causait d'étranges distractions.

Le déjeuner fini, comme il pleuvait à verse, il n'y eut pas moyen de sortir ; chacun s'occupa comme il put. Borgnioli tambourina des marches guerrières sur les vitres ; Arrigo et l'hôte firent une partie de dames ; moi, je tirai de mon album un carré de vélin, et je me mis à dessiner.

Les linéaments presque imperceptibles tracés par mon crayon, sans que j'y eusse songé le moins du monde, se trouvèrent représenter avec la plus merveilleuse exactitude la cafetière qui avait joué un rôle si important dans les scènes de la nuit.

— C'est étonnant comme cette tête ressemble à ma sœur Angéla, dit l'hôte, qui, ayant terminé sa partie, me regardait travailler par-dessus mon épaule.

En effet, ce qui m'avait semblé tout à l'heure une cafetière était bien réellement le profil doux et mélancolique d'Angéla.

— De par tous les saints du paradis ! est-elle morte ou vivante ? m'écriai-je d'un ton de voix tremblant, comme si ma vie eût dépendu de sa réponse.

— Elle est morte, il y a deux ans, d'une fluxion de poitrine à la suite d'un bal.

— Hélas ! répondis-je douloureusement.

Et, retenant une larme qui était près de tomber, je replaçai le papier dans l'album.

Je venais de comprendre qu'il n'y avait plus pour moi de bonheur sur la terre !

1831

Edgar Allan Poe

Le Portrait ovale

Le château dans lequel mon domestique s'était avisé de pénétrer de force, plutôt que de me permettre déplorablement blessé comme je l'étais, de passer une nuit en plein air, était un de ces bâtiments, mélange de grandeur et de mélancolie, qui ont si longtemps dressé leurs fronts sourcilleux au milieu des Apennins, aussi bien dans la réalité que dans l'imagination de mistress Radcliffe. Selon toute apparence, il avait été temporairement et tout récemment abandonné. Nous nous installâmes dans une des chambres les plus petites et les moins somptueusement meublées. Elle était située dans une tour écartée du bâtiment. Sa décoration était riche, mais antique et délabrée. Les murs étaient tendus de tapisseries et décorés de nombreux trophées héraldiques de toute forme, ainsi que d'une quantité vraiment prodigieuse de peintures modernes, pleines de style, dans de riches cadres d'or d'un goût arabesque. Je pris un profond intérêt, – ce fut peut-être mon délire qui commençait qui en fut cause, – je pris un profond intérêt à ces peintures qui étaient suspendues non-seulement sur les faces principales des murs, mais aussi dans une foule de recoins que la bizarre architecture du château rendait inévitables ; si bien que j'ordonnai à Pedro de fermer les lourds volets de la chambre, – puisqu'il faisait déjà nuit, – d'allumer un grand candélabre à plusieurs branches placé près de mon chevet, et d'ouvrir tout grands les rideaux de velours noir garnis de crépines qui entouraient le lit. Je désirais que cela fût ainsi, pour que je pusse au moins, si je ne pouvais pas dormir, me consoler alternativement par la contemplation de ces peintures et par la lecture d'un petit volume que j'avais trouvé sur l'oreiller et qui en contenait l'appréciation et l'analyse.

Je lus longtemps, – longtemps ; – je contemplai religieusement, dévotement ; les heures s'envolèrent, rapides et glorieuses, et le profond minuit arriva. La position du candélabre me déplaisait, et, étendant la main avec difficulté pour ne pas déranger mon valet assoupi, je plaçai l'objet de manière à jeter les rayons en plein sur le livre.

Mais l'action produisit un effet absolument inattendu. Les rayons des nombreuses bougies (car il y en avait beaucoup) tombèrent alors sur une niche de la chambre que l'une des colonnes du lit avait jusque-là couverte d'une ombre profonde. J'aperçus dans une vive lumière une peinture qui m'avait d'abord échappé. C'était le portrait d'une jeune fille déjà mûrissante et presque femme. Je jetai sur la peinture un coup d'œil rapide, et je fermai les yeux. Pourquoi, – je ne le compris pas bien moi-même tout d'abord. Mais pendant que mes paupières restaient closes, j'analysai rapidement la raison qui me les faisait fermer ainsi. C'était un mouvement involontaire pour gagner du temps et pour penser, – pour m'assurer que ma vue ne m'avait pas trompé, – pour calmer et préparer mon esprit à une contemplation plus froide et plus sûre. Au bout de quelques instants, je regardai de nouveau la peinture fixement.

Je ne pouvais pas douter, quand même je l'aurais voulu, que je n'y visse alors très-nettement ; car le premier éclair du flambeau sur cette toile avait dissipé la stupeur rêveuse dont mes sens étaient possédés, et m'avait rappelé tout d'un coup à la vie réelle. Le portrait, je l'ai déjà dit, était celui d'une jeune fille. C'était une simple tête, avec des épaules, le tout dans ce style qu'on appelle, en langage technique, style de vignette, beaucoup de la manière de Sully dans ses têtes de prédilection. Les bras, le sein, et même les bouts des cheveux rayonnants, se fondaient insaisissablement dans l'ombre vague mais profonde, qui servait de fond à l'ensemble. Le cadre était ovale, magnifiquement doré et guilloché dans le goût moresque. Comme œuvre d'art, on ne pouvait rien trouver de plus admirable que la peinture elle-même. Mais il se peut bien que ce ne fût ni l'exécution de l'œuvre, ni l'immortelle beauté de la physionomie, qui m'impressionna si soudainement et si fortement. Encore moins devais-je croire que mon imagination, sortant d'un demi-sommeil, eût pris la tête pour celle d'une personne vivante. – Je vis tout d'abord que les détails du dessin, le style de vignette, et l'aspect du cadre auraient immédiatement dissipé un pareil charme, et m'auraient préservé de toute illusion même momentanée. Tout en faisant ces réflexions, et très-vivement, je restai, à demi étendu, à demi assis, une heure entière peut-être, les yeux rivés à ce portrait. À la longue, ayant découvert le vrai secret de son effet, je me laissai retomber sur le lit. J'avais deviné que le *charme* de la peinture était une expression vitale absolument adéquate à la vie elle-même, qui d'abord m'avait fait tressaillir, et finalement m'avait confondu, subjugué, épouvanté. Avec une terreur profonde et respectueuse, je replaçai le candélabre dans sa position première. Ayant ainsi dérobé à ma vue la cause de ma profonde agitation, je cherchai vivement le volume qui contenait l'analyse des tableaux et leur histoire. Allant droit au numéro qui désignait le portrait ovale, j'y lus le vague et singulier récit qui suit :

« C'était une jeune fille d'une très-rare beauté, et qui n'était pas moins aimable que pleine de gaieté. Et maudite fut l'heure où elle vit, et aima, et épousa le peintre. Lui, passionné, studieux, austère, et ayant déjà trouvé une épouse dans son Art ; elle, une jeune fille d'une très-rare beauté, et non moins aimable que pleine de gaieté : rien que lumière et sourires, et la folâtrerie d'un jeune faon ; aimant et chérissant toutes choses ; ne haïssant que l'Art qui était son rival ; ne redoutant que la palette et les brosses, et les autres instruments fâcheux qui la privaient de la figure de son adoré. Ce fut une terrible chose pour cette dame que d'entendre le peintre parler du désir de peindre même sa jeune épouse. Mais elle était humble et obéissante, et elle s'assit avec douceur pendant de longues semaines dans la sombre et haute chambre de la tour, où la lumière filtrait sur la pâle toile seulement par le plafond. Mais lui, le peintre, mettait sa gloire dans son œuvre, qui avançait d'heure en heure et de jour en jour. – Et c'était un homme passionné, et étrange, et pensif, qui se perdait en rêveries ; si bien qu'il ne voulait pas voir que la lumière qui tombait si lugubrement dans cette tour isolée desséchait la santé et les esprits de sa femme, qui languissait visiblement pour tout le monde, excepté pour lui. Cependant, elle souriait toujours, et toujours sans se plaindre, parce qu'elle voyait que le peintre (qui avait un grand renom) prenait un plaisir vif et brûlant dans sa tâche, et travaillait nuit et jour pour peindre celle qui l'aimait si fort, mais qui devenait de jour en jour plus languissante et plus faible. Et en vérité, ceux qui contemplaient le portrait parlaient à voix basse de sa ressemblance, comme d'une puissante merveille et comme d'une preuve non moins grande de la puissance du peintre que de son profond amour pour celle qu'il peignait si miraculeusement bien. – Mais, à la longue, comme la besogne approchait de sa fin, personne ne fut plus admis dans la tour; car le peintre était devenu fou par l'ardeur de son travail, et il détournait rarement ses yeux de la toile, même pour regarder la figure de sa femme. Et il ne *voulait* pas voir que les couleurs qu'il étalait sur la toile étaient *tirées* des joues de celle qui était assise près de lui. Et quand bien des semaines furent passées et qu'il ne restait plus que peu de chose à faire, rien qu'une touche sur la bouche et un glacis sur l'œil, l'esprit de la dame palpita encore comme la flamme dans le bec d'une lampe. Et alors la touche fut donnée, et alors le glacis fut placé; et pendant un moment le peintre se tint en extase devant le travail qu'il avait travaillé; mais une minute après, comme il contemplait encore, il trembla et il devint très-pâle, et il fut frappé d'effroi; et criant d'une voix éclatante: "En vérité, c'est la *Vie* elle-même!" – il se retourna brusquement pour regarder sa bien-aimée: – elle était morte!»

Titre original:
The Oval Portrait, 1842

Traduit de l'américain
par Charles BAUDELAIRE

Gérard de Nerval

Le Monstre vert

I

Le château du diable

Je vais parler d'un des plus anciens habitants de Paris; on l'appelait autrefois le *diable Vauvert*.

D'où est résulté le proverbe: «C'est au diable Vauvert! Allez au diable Vauvert!» C'est-à-dire: «Allez vous... promener aux Champs-Élysées.»

Les portiers disent généralement: «C'est au diable aux vers!» pour exprimer un lieu qui est fort loin. Cela signifie qu'il faut payer très cher la commission dont on les charge. – Mais c'est là, en outre, une locution vicieuse et corrompue, comme plusieurs autres familières au peuple parisien.

Le diable Vauvert est essentiellement un habitant de Paris, où il demeure depuis bien des siècles, si l'on en croit les historiens. Sauval, Félibien, Sainte-Froix et Dulaure ont raconté longuement ses escapades.

Il semble d'abord avoir habité le château de Vauvert, qui était situé au lieu occupé aujourd'hui par le joyeux bal de la Chartreuse, à l'extrémité du Luxembourg et en face des allées de l'Observatoire, dans la rue d'Enfer.

Ce château, d'une triste renommée, fut démoli en partie, et les ruines devinrent une dépendance d'un couvent de chartreux, dans lequel mourut, en 1414, Jean de la Lune, neveu de l'antipape Benoît XIII. Jean de la Lune avait été soupçonné d'avoir des relations avec un certain diable, qui peut-être était l'esprit familier de l'ancien château de Vauvert, chacun de ces édifices féodaux ayant le sien, comme on le sait.

Les historiens ne nous ont rien laissé de précis sur cette phase intéressante.

Le diable Vauvert fit de nouveau parler de lui à l'époque de Louis XIII.

Pendant fort longtemps, on avait entendu, tous les soirs, un grand bruit dans une maison faite des débris de l'ancien couvent, et dont les propriétaires étaient absents depuis plusieurs années ; ce qui effrayait beaucoup les voisins.

Ils allèrent prévenir le lieutenant de police, qui envoya quelques archers.

Quel fut l'étonnement de ces militaires en entendant un cliquetis de verres mêlé de rires stridents !

On crut d'abord que c'étaient des faux-monnayeurs qui se livraient à une orgie, et, jugeant de leur nombre d'après l'intensité du bruit, on alla chercher du renfort.

Mais on jugea encore que l'escouade n'était pas suffisante ; aucun sergent ne se souciait de guider ses hommes dans ce repaire, où il semblait qu'on entendît le fracas de toute une armée.

Il arriva enfin, vers le matin, un corps de troupes suffisant : on pénétra dans la maison. On n'y trouva rien.

Le soleil dissipa les ombres.

Toute la journée, l'on fit des recherches, puis l'on conjectura que le bruit venait des catacombes, situées, comme on sait, sous ce quartier.

On s'apprêtait à y pénétrer ; mais, pendant que la police prenait ses dispositions, le soir était venu de nouveau, et le bruit recommençait plus fort que jamais.

Cette fois, personne n'osa plus redescendre parce qu'il était évident qu'il n'y avait rien dans la cave que des bouteilles, et qu'alors il fallait bien que ce fût le diable qui les mît en danse.

On se contenta d'occuper les abords de la rue et de demander des prières au clergé.

Le clergé fit une foule d'oraisons, et l'on envoya même de l'eau bénite avec des seringues par le soupirail de la cave.

Le bruit persistait toujours.

II

Le sergent

Pendant toute une semaine, la foule des Parisiens ne cessait d'obstruer les abords du faubourg, en s'effrayant et demandant des nouvelles.

Enfin, un sergent de la prévôté, plus hardi que les autres, offrit de pénétrer dans la cave maudite, moyennant une pension réversible, en cas de décès, sur une couturière nommée Margot.

C'était un homme brave et plus amoureux que crédule. Il adorait cette couturière, qui était une personne bien nippée et très économe, on pourrait même dire un peu avare, et qui n'avait point voulu épouser un simple sergent privé de toute fortune.

Mais, en gagnant la pension, le sergent devenait un autre homme.

Encouragé par cette perspective, il s'écria : « qu'il ne croyait ni à Dieu ni au diable, et qu'il aurait raison de ce bruit ».

— À quoi donc croyez-vous ? lui dit un de ses compagnons.

— Je crois, répondit-il, à M. le lieutenant criminel, et à M. le prévôt de Paris.

C'était trop dire en peu de mots.

Il prit son sabre dans ses dents, un pistolet à chaque main, et s'aventura dans l'escalier.

Le spectacle le plus extraordinaire l'attendait en touchant le sol de la cave.

Toutes les bouteilles se livraient à une sarabande éperdue et formaient les figures les plus gracieuses.

Les cachets verts représentaient les hommes, et les cachets rouges représentaient les femmes.

Il y avait même là un orchestre établi sur les planches à bouteilles.

Les bouteilles vides résonnaient comme des instruments à vent, les bouteilles cassées comme des cymbales et des triangles, et les bouteilles fêlées rendaient quelque chose de l'harmonie pénétrante des violons.

Le sergent, qui avait bu quelques chopines avant d'entreprendre l'expédition, ne voyant là que des bouteilles, se sentit fort rassuré, et se mit à danser lui-même par imitation.

Puis, de plus en plus encouragé par la gaieté et le charme du spectacle, il ramassa une aimable bouteille à long goulot, d'un bordeaux pâle, comme il paraissait, et soigneusement cachetée de rouge, et la pressa amoureusement sur son cœur.

Des rires frénétiques partirent de tous côtés; le sergent, intrigué, laissa tomber la bouteille, qui se brisa en mille morceaux.

La danse s'arrêta, des cris d'effroi se firent entendre dans tous les coins de la cave, et le sergent sentit ses cheveux se dresser en voyant que le vin répandu paraissait former une mare de sang.

Le corps d'une femme nue, dont les blonds cheveux se répandaient à terre et trempaient dans l'humidité, était étendu sous ses pieds.

Le sergent n'aurait pas eu peur du diable en personne, mais cette vue le remplit d'horreur; songeant après tout qu'il avait à rendre compte de sa mission, il s'empara d'un cachet vert qui semblait ricaner devant lui, et s'écria:

— Au moins j'en aurai une!

Un ricanement immense lui répondit.

Cependant, il avait regagné l'escalier, et, montrant la bouteille à ses camarades, il s'écria:

— Voilà le farfadet!... Vous êtes bien capons (il prononça un autre mot plus vif encore) de ne pas oser descendre là-dedans!

Son ironie était amère. Les archers se précipitèrent dans la cave, où l'on ne retrouva qu'une bouteille de bordeaux cassée. Le reste était en place.

Les archers déplorèrent le sort de la bouteille cassée; mais, braves désormais, ils tinrent tous à remonter chacun avec une bouteille à la main.

On leur permit de les boire.

Le sergent de la prévôté dit:

— Quant à moi, je garderai la mienne pour le jour de mon mariage.

On ne put lui refuser la pension promise, il épousa la couturière, et...

Vous allez croire qu'ils eurent beaucoup d'enfants?

Ils n'en eurent qu'un.

III

Ce qui s'ensuivit

Le jour de la noce du sergent, qui eut lieu à la Rapée, il mit la fameuse bouteille au cachet vert entre lui et son épouse, et affecta de ne verser de ce vin qu'à elle et à lui.

La bouteille était verte comme ache, le vin était rouge comme sang.

Neuf mois après, la couturière accouchait d'un petit monstre, entièrement vert, avec des cornes rouges sur le front.

Et maintenant, allez, ô jeunes filles ! allez-vous-en danser à la Chartreuse… sur l'emplacement du château de Vauvert !

Cependant, l'enfant grandissait, sinon en vertu, du moins en croissance. Deux choses contrariaient ses parents : sa couleur verte, et un appendice caudal qui semblait n'être d'abord qu'un prolongement du coccyx, mais qui peu à peu prenait les airs d'une véritable queue.

On alla consulter les savants qui déclarèrent qu'il était impossible d'en opérer l'extirpation sans compromettre la vie de l'enfant. Ils ajoutèrent que c'était un cas assez rare, mais dont on trouvait des exemples cités dans Hérodote et dans Pline le Jeune. On ne prévoyait pas alors le système de Fourier.

Pour ce qui était de la couleur, on l'attribua à une prédominance du système bilieux. Cependant, on essaya de plusieurs caustiques pour atténuer la nuance trop prononcée de l'épiderme, et l'on arriva, après une foule de lotions et frictions, à l'amener tantôt au vert bouteille, puis au vert d'eau, et enfin au vert pomme. Un instant, la peau sembla tout à fait blanchir ; mais, le soir, elle reprit sa teinte.

Le sergent et la couturière ne pouvaient se consoler des chagrins que leur donnait ce petit monstre, qui devenait de plus en plus têtu, colère et malicieux.

La mélancolie qu'ils éprouvèrent les conduisit à un vice trop commun parmi les gens de leur sorte. Ils s'adonnèrent à la boisson.

Seulement, le sergent ne voulait jamais boire que du vin cacheté de rouge, et sa femme que du vin cacheté de vert.

Chaque fois que le sergent était ivre mort, il voyait dans son sommeil la femme sanglante dont l'apparition l'avait épouvanté dans la cave après qu'il eut brisé la bouteille.

Cette femme lui disait :

— Pourquoi m'as-tu pressée sur ton cœur, et ensuite immolée… moi qui t'aimais tant ?

Chaque fois que l'épouse du sergent avait trop fêté le cachet vert, elle voyait dans son sommeil apparaître un grand diable, d'un aspect épouvantable qui lui disait :

— Pourquoi t'étonner de me voir… puisque tu as bu de la bouteille ? Ne suis-je pas le père de ton enfant ?…

Ô mystère !

Parvenu à l'âge de treize ans, l'enfant disparut.

Ses parents inconsolables, continuèrent de boire, mais ils ne virent plus se renouveler les terribles apparitions qui avaient tourmenté leur sommeil.

IV

Moralité

C'est ainsi que le sergent fut puni de son impiété, – et la couturière de son avarice.

V

Ce qu'était devenu le monstre vert

On n'a jamais pu le savoir.

1849

ERCKMANN-CHATRIAN

La Montre du doyen

I

Le jour d'avant la Noël 1832, mon ami Wilfrid, sa contrebasse en sautoir, et moi mon violon sous le bras, nous allions de la Forêt-Noire à Heidelberg. Il faisait un temps de neige extraordinaire ; aussi loin que s'étendaient nos regards sur l'immense plaine déserte, nous ne découvrions plus trace de route, de chemin, ni de sentier. La bise sifflait son ariette stridente avec une persistance monotone, et Wilfrid, la besace aplatie sur sa maigre échine, ses longues jambes de héron étendues, la visière de sa petite casquette plate rabattue sur le nez, marchait devant moi, fredonnant je ne sais quel joyeux motif de l'*Ondine*. Parfois il se retournait avec un sourire bizarre et s'écriait :

— Camarade, joue-moi donc la valse de *Robin* ; j'ai envie de danser !

Un éclat de rire suivait ces paroles, et le brave garçon se remettait en route plein d'ardeur. J'emboîtais le pas, ayant de la neige jusqu'aux genoux, et je sentais la mélancolie me gagner insensiblement.

Les hauteurs de Heidelberg commençaient à poindre tout au bout de l'horizon, et nous espérions arriver avant la nuit close, lorsque nous entendîmes un cheval galoper derrière nous. Il était alors environ cinq heures du soir, et de gros flocons de neige tourbillonnaient dans l'air grisâtre. Bientôt le cavalier fut à vingt pas. Il ralentit sa marche, nous observant du coin de l'œil ; de notre part, nous l'observions aussi.

Figurez-vous un gros homme roux de barbe et de cheveux, coiffé d'un superbe tricorne, la capote brune, recouverte d'une pelisse de renard flottante, les mains enfoncées dans des gants fourrés remontant jusqu'aux coudes : quelque échevin ou bourgmestre à la large panse, une belle valise établie sur la croupe de son vigoureux roussin. Bref, un véritable personnage.

— Hé ! hé ! mes garçons, fit-il en sortant une de ses grosses mains des moufles suspendues à sa rhingrave, nous allons à Heidelberg, sans doute, pour faire de la musique ?

Wilfrid regarda le voyageur de travers et répondit brusquement :

— Cela vous intéresse, monsieur ?

— Eh ! oui... J'aurais un bon conseil à vous donner.

— Un conseil ?

— Mon Dieu... Si vous le voulez bien.

Wilfrid allongea le pas sans répondre, et, de mon côté, je m'aperçus que le voyageur avait exactement la mine d'un gros chat : les oreilles écartées de la tête, les paupières demi-closes, les moustaches ébouriffées, l'air tendre et paterne.

— Mon cher ami, reprit-il en s'adressant à moi, franchement, vous feriez bien de reprendre la route d'où vous venez.

— Pourquoi, monsieur ?

— L'illustre maëstro Pimenti, de Novare, vient d'annoncer un grand concert à Heidelberg pour Noël ; toute la ville y sera, vous ne gagnerez pas un kreutzer.

Mais Wilfrid, se retournant de mauvaise humeur, lui répliqua :

— Nous nous moquons de votre maëstro et de tous les Pimenti du monde. Regardez ce jeune homme, regardez-le bien ! Ça n'a pas encore un brin de barbe au menton ; ça n'a jamais joué que dans les petits *bouchons* de la Forêt-Noire pour faire danser les *bourengrédel* et les charbonnières. Eh bien, ce petit bonhomme, avec ses longues boucles blondes et ses grands yeux bleus, défie tous vos charlatans italiens ; sa main gauche renferme des trésors de mélodie, de grâce et de souplesse... Sa droite a le plus magnifique coup d'archet que le Seigneur-Dieu daigne accorder parfois aux pauvres mortels, dans ses moments de bonne humeur !

— Eh ! eh ! fit l'autre, en vérité ?

— C'est comme je vous le dis, s'écria Wilfrid, se remettant à courir, en soufflant dans ses doigts rouges.

Je crus qu'il voulait se moquer du voyageur, qui nous suivait toujours au petit trot.

Nous fîmes ainsi plus d'une demi-lieue en silence. Tout à coup l'inconnu, d'une voix brusque, nous dit :

— Quoi qu'il en soit de votre mérite, retournez dans la Forêt-Noire ; nous avons assez de vagabonds à Heidelberg, sans que vous veniez en grossir le nombre... Je vous donne un bon conseil, surtout dans les circonstances présentes... Profitez-en !

Wilfrid indigné allait lui répondre, mais il avait pris le galop et traversait déjà la grande avenue de l'Électeur. Une immense file de corbeaux venaient de s'élever dans la plaine, et semblaient suivre le gros homme, en remplissant le ciel de leurs clameurs.

Nous arrivâmes à Heidelberg vers sept heures du soir, et nous vîmes, en effet, l'affiche magnifique de Pimenti sur toutes les murailles de la ville : « Grand concerto, solo, etc. »

Dans la soirée même, en parcourant les brasseries des théologiens et des philosophes, nous rencontrâmes plusieurs musiciens de la Forêt-Noire, de vieux camarades, qui nous engagèrent dans leur troupe. Il y avait le vieux Brêmer, le violoncelliste ; ses deux fils, Ludwig et Karl, deux bons seconds violons ; Heinrich Siebel, le clarinette ; la grande Berthe avec sa harpe ; puis Wilfrid et sa contrebasse, et moi comme premier violon.

Il fut arrêté que nous irions ensemble, et qu'après la Noël, nous partagerions en frères. Wilfrid avait déjà loué, pour nous deux, une chambre au sixième étage de la petite auberge du *Pied-de-Mouton*, au milieu de la Holdergasse, à quatre kreutzers la nuit. À proprement parler, ce n'était qu'un grenier ; mais heureusement il y avait un fourneau de tôle, et nous y fîmes du feu pour nous sécher.

Comme nous étions assis tranquillement à rôtir des marrons et à boire une cruche de vin, voilà que la petite Annette, la fille d'auberge, en petite jupe coquelicot et cornette de velours noir, les joues vermeilles, les lèvres roses comme un bouquet de cerises... Annette monte l'escalier quatre à quatre, frappe à la porte, et vient se jeter dans mes bras, toute réjouie.

Je connaissais cette jolie petite depuis longtemps, nous étions du même village, et puisqu'il faut tout vous dire, ses yeux pétillants, son air espiègle m'avaient captivé le cœur.

— Je viens causer un instant avec toi, me dit-elle, en s'asseyant sur un escabeau. Je t'ai vu monter tout à l'heure, et me voilà !

Elle se mit alors à babiller, me demandant des nouvelles de celui-ci, de celle-là, enfin de tout le village : c'était à peine si j'avais le temps de lui répondre. Parfois elle s'arrêtait et me regardait avec une tendresse inexprimable. Nous serions restés là jusqu'au lendemain, si la mère Grédel Dick ne s'était mise à crier dans l'escalier :

— Annette ! Annette ! viendras-tu ?

— Me voilà, madame, me voilà ! fit la pauvre enfant, se levant toute surprise.

Elle me donna une petite tape sur la joue et s'élança vers la porte ; mais au moment de sortir elle s'arrêta :

— Ah ! s'écria-t-elle en revenant, j'oubliais de vous dire ; avez-vous appris ?

— Quoi donc ?

— La mort de notre pro-recteur Zâhn !

— Et que nous importe cela ?

— Oui, mais prenez garde, prenez garde, si vos papiers ne sont pas en règle. Demain à huit heures, on viendra vous les demander. On arrête tant de monde, tant de monde depuis quinze jours ! Le pro-recteur a été assassiné dans la bibliothèque du cloître Saint-Christophe hier soir. La semaine dernière on a pareillement assassiné le vieux sacrificateur Ulmet Elias, de la rue des Juifs ! Quelques jours avant, on a tué la vieille sage-femme Christina Hâas et le marchand d'agates Séligmann, de la rue Durlach ! Ainsi, mon pauvre Kasper, fit-elle tendrement, veille bien sur toi, et que tous vos papiers soient en ordre.

Tandis qu'elle parlait, on criait toujours d'en bas :

— Annette ! Annette ! viendras-tu ? Oh ! la malheureuse, qui me laisse toute seule !

Et les cris des buveurs s'entendaient aussi, demandant du vin, de la bière, du jambon, des saucisses. Il fallut bien partir. Annette descendit en courant comme elle était venue, et répondant de sa voix douce :

— Mon Dieu !... mon Dieu !... qu'y a-t-il donc, madame, pour crier de la sorte ?... Ne croirait-on pas que le feu est dans la maison !...

Wilfrid alla refermer la porte, et, ayant repris sa place, nous nous regardâmes, non sans quelque inquiétude.

— Voilà de singulières nouvelles, dit-il... Au moins tes papiers sont-ils en règle ?

— Sans doute.

Et je lui fis voir mon livret.

— Bon, le mien est là... Je l'ai fait viser avant de partir... Mais c'est égal, tous ces meurtres ne nous annoncent rien de bon... Je crains que nous ne fassions pas nos affaires ici... Bien des familles sont dans le deuil..., et d'ailleurs les ennuis, les chicanes de la sénéchaussée..., les inquiétudes...

— Bah ! tu vois tout en noir, lui dis-je.

Nous continuâmes à causer de ces événements étranges jusque passé minuit. Le feu de notre petit poêle éclairait tout l'angle du toit, la lucarne en équerre avec ses trois vitres fêlées, la paillasse étendue sous les bardeaux, les poutres noires s'étayant l'une l'autre, la petite table de sapin agitant son ombre sur le plancher vermoulu. De temps en temps une souris, attirée par la chaleur, glissait comme une flèche le long du mur. On entendait le vent s'engouffrer dans les hautes cheminées et balayer la poussière de neige des gouttières. Je songeais à Annette... Le silence s'était rétabli.

Tout à coup Wilfrid, ôtant sa veste, s'écria :

— Il est temps de dormir... Mets encore une bûche au fourneau et couchons-nous.

— Oui, c'est ce que nous avons de mieux à faire.

Ce disant, je tirai mes bottes, et deux minutes après nous étions étendus sur la paillasse, la couverture tirée jusqu'au menton, un gros rondin sous la tête pour oreiller. Wilfrid ne tarda point à s'endormir. La lumière du petit poêle allait et venait... Le vent redoublait au dehors... et, tout en rêvant, je m'endormis à mon tour comme un bienheureux.

Vers deux heures du matin, je fus éveillé par un bruit inexplicable ; je crus d'abord que c'était un chat courant sur les gouttières ; mais ayant mis l'oreille contre les bardeaux, mon incertitude ne fut pas longue : quelqu'un marchait sur le toit.

Je poussai Wilfrid du coude pour l'éveiller.

— Chut ! fit-il en me serrant la main.

Il avait entendu comme moi. La flamme jetait alors ses dernières lueurs, qui se débattaient contre la muraille décrépite. J'allais me lever, quand, d'un seul coup, la petite fenêtre, fermée par un fragment de brique, fut poussée et s'ouvrit : une tête pâle, les cheveux roux, les yeux phosphorescents, les joues frémissantes, parut..., regardant à l'intérieur. Notre saisissement fut tel que nous n'eûmes pas la force de jeter un cri. L'homme passa une jambe, puis l'autre, par la lucarne, et descendit dans notre grenier avec tant de prudence, que pas un atome ne bruit sous ses pas.

Cet homme, large et rond des épaules, court, trapu, la face crispée comme celle d'un tigre à l'affût, n'était autre que le personnage bonasse qui nous avait donné des conseils sur la route de Heidelberg. Que sa physionomie nous parut changée alors ! Malgré le froid excessif, il était en manches de chemise ; il ne portait qu'une simple culotte serrée autour des reins, des bas de laine et des souliers à boucles d'argent. Un long couteau taché de sang brillait dans sa main.

Wilfrid et moi nous nous crûmes perdus... Mais lui ne parut pas nous voir dans l'ombre oblique de la mansarde, quoique la flamme se fût ranimée au courant d'air glacial de la lucarne. Il s'accroupit sur un escabeau et se prit à grelotter d'une façon bizarre... Subitement ses yeux, d'un vert jaunâtre, s'arrêtèrent sur moi..., ses narines se dilatèrent..., il me regarda plus d'une longue minute... Je n'avais plus une goutte de sang dans les veines ! Puis, se retournant vers le poêle, il toussa d'une voix rauque, pareille à celle d'un chat, sans qu'un seul muscle de sa face tressaillît. Il tira du gousset de sa culotte une grosse montre, fit le geste d'un homme qui regarde l'heure, et, soit distraction ou tout autre motif, il la déposa sur la table. Enfin, se levant comme incertain, il considéra la lucarne, parut hésiter, et sortit, laissant la porte ouverte tout au large.

Je me levai aussitôt pour pousser le verrou, mais déjà les pas de l'homme criaient dans l'escalier à deux étages en dessous. Une curiosité invincible l'emporta sur ma terreur, et, comme je l'entendais ouvrir une fenêtre donnant sur la cour, moi-même je m'inclinai vers la lucarne de l'escalier en tourelle du même côté. La cour, de cette hauteur, était profonde comme un puits ; un mur, haut de cinquante à soixante pieds, la partageait en deux. À droite de ce mur se trouvait la cour d'un charcutier ; à gauche, celle de l'auberge du *Pied-de-Mouton*. Il était couvert de mousse humide et de cette végétation folle qui se plaît à l'ombre. Sa crête partait de la fenêtre que l'assassin venait d'ouvrir, et s'étendait en ligne droite, sur le toit d'une vaste et sombre demeure bâtie au revers de la Bergstrasse. Comme la lune brillait entre de grands nuages chargés de neige, je vis tout cela d'un coup d'œil, et je frémis en apercevant l'homme fuir sur la haute muraille, la tête penchée en avant et son long couteau à la main, tandis que le vent soufflait avec des sifflements lugubres.

Il gagna le toit en face et disparut dans une lucarne.

Je croyais rêver. Pendant quelques instants je restai là, bouche béante, la poitrine nue, les cheveux flottants, sous le grésil qui tombait du toit. Enfin, revenant de ma stupeur, je rentrai dans notre réduit et trouvai Wilfrid, qui me regarda tout hagard et murmurant une prière à voix basse. Je m'empressai de remettre du bois au fourneau, de passer mes habits et de fermer le verrou.

— Eh bien ? demanda mon camarade en se levant.

— Eh bien, lui répondis-je, nous en sommes réchappés… Si cet homme ne nous a pas vus, c'est que Dieu ne veut pas encore notre mort.

— Oui, fit-il,… oui ! c'est l'un des assassins dont nous parlait Annette… Grand Dieu !… quelle figure… et quel couteau !

Il retomba sur la paillasse… Moi, je vidai d'un trait ce qui restait de vin dans la cruche, et comme le feu s'était ranimé, que la chaleur se répandait de nouveau dans la chambre, et que le verrou me paraissait solide, je repris courage.

Pourtant, la montre était là… l'homme pouvait revenir la chercher !… Cette idée nous glaça d'épouvante.

— Qu'allons-nous faire, maintenant ? dit Wilfrid. Le plus court serait de reprendre tout de suite le chemin de la Forêt-Noire !

— Pourquoi ?

— Je n'ai plus envie de jouer de la contrebasse… Arrangez-vous comme vous voudrez…

— Mais pourquoi donc ? Qu'est-ce qui nous force à partir ? Avons-nous commis un crime ?

— Parle bas… parle bas… fit-il… Rien que ce mot *crime*, si quelqu'un l'entendait, pourrait nous faire pendre… De pauvres diables comme nous servent d'exemples aux autres… On ne regarde pas longtemps s'ils commettent des crimes… Il suffit qu'on trouve cette montre ici…

— Écoute, Wilfrid, lui dis-je, il ne s'agit pas de perdre la tête. Je veux bien croire qu'un crime a été commis ce soir dans notre quartier… Oui, je le crois… c'est même très probable… mais, en pareille circonstance, que doit faire un honnête homme ? Au lieu de fuir, il doit aider la justice, il doit…

— Et comment, comment l'aider ?

— Le plus simple sera de prendre la montre et d'aller la remettre demain au grand bailli, en lui racontant ce qui s'est passé.

— Jamais... jamais... je n'oserai toucher cette montre !

— Eh bien ! moi, j'irai. Couchons-nous et tâchons de dormir encore s'il est possible.

— Je n'ai plus envie de dormir.

— Alors, causons... allume ta pipe... attendons le jour... Il y a peut-être encore du monde à l'auberge... si tu veux, nous descendrons.

— J'aime mieux rester ici.

— Soit !

Et nous reprîmes notre place au coin du feu.

Le lendemain, dès que le jour parut, j'allai prendre la montre sur la table. C'était une montre très belle, à double cadran ; l'un marquait les heures, l'autre les minutes. Wilfrid parut plus rassuré.

— Kasper, me dit-il, toute réflexion faite, il convient mieux que j'aille voir le bailli. Tu es trop jeune pour entrer dans de telles affaires... Tu t'expliquerais mal !

— C'est comme tu voudras.

— Oui, il paraîtrait bien étrange qu'un homme de mon âge envoyât un enfant.

— Bien... bien... je comprends, Wilfrid.

Il prit la montre, et je remarquai que son amour-propre seul le poussait à cette résolution : il aurait rougi, sans doute, devant ses camarades, d'avoir montré moins de courage que moi.

Nous descendîmes du grenier tout méditatifs. En traversant l'allée, qui donne sur la rue Saint-Christophe, nous entendîmes le cliquetis des verres et des fourchettes... Je distinguai la voix du vieux Brêmer et de ses deux fils, Ludwig et Karl.

— Ma foi, dis-je à Wilfrid, avant de sortir, nous ne ferions pas mal de boire un bon coup.

En même temps je poussai la porte de la salle. Toute notre société était là, les violons, les cors de chasse suspendus à la muraille ; la harpe dans un coin. Nous fûmes accueillis par des cris joyeux. On s'empressa de nous faire place à table.

— Hé ! disait le vieux Brêmer, bonne journée, camarades... Du vent !... de la neige !... Toutes les brasseries seront pleines de monde ; chaque flocon qui tourbillonne dans l'air est un florin qui nous tombera dans la poche !

J'aperçus ma petite Annette, fraîche, dégourdie, me souriant des yeux et des lèvres avec amour. Cette vue me ranima… Les meilleures tranches de jambon étaient pour moi, et chaque fois qu'elle venait déposer une cruche à ma droite, sa douce main s'appuyait avec expression sur mon épaule.

Oh ! que mon cœur sautillait, en songeant aux marrons que nous avions croqués la veille ensemble ! Pourtant, la figure pâle du meurtrier passait de temps en temps devant mes yeux et me faisait tressaillir… Je regardais Wilfrid, il était tout méditatif. Enfin, au coup de huit heures, notre troupe allait partir, lorsque la porte s'ouvrit, et que trois escogriffes, la face plombée, les yeux brillants comme des rats, le chapeau déformé, suivis de plusieurs autres de la même espèce, se présentèrent sur le seuil. L'un d'eux, au nez long, tourné à la friandise, comme on dit, un énorme gourdin suspendu au poignet, s'avança en s'écriant :

— Vos papiers, messieurs ?

Chacun s'empressa de satisfaire à sa demande. Malheureusement Wilfrid, qui se trouvait debout auprès du poêle, fut pris d'un tremblement subit, et comme l'agent de police, à l'œil exercé, suspendait sa lecture pour l'observer d'un regard équivoque, il eut la funeste idée de faire glisser la montre dans sa botte… mais, avant qu'elle eût atteint sa destination, l'agent de police frappait sur la cuisse de mon camarade et s'écriait d'un ton goguenard :

— Hé, hé ! il paraît que ceci nous gêne ?

Alors Wilfrid tomba en faiblesse, à la grande stupéfaction de tout le monde… il s'affaissa sur un banc, pâle comme la mort, et Madoc, le chef de la police, sans gêne, ouvrit son pantalon et en tira la montre avec un méchant éclat de rire… Mais à peine l'eut-il regardée, qu'il devint grave, et se tournant vers ses agents :

— Que personne ne sorte ! s'écria-t-il d'une voix terrible. Nous tenons la bande… Voici la montre du doyen Daniel Van den Berg… Attention… Les menottes !

Ce cri nous traversa jusqu'à la moelle des os. Il se fit un tumulte épouvantable… Moi, nous sentant perdus, je me glissai sous le banc, près du mur, et comme on enchaînait le pauvre vieux Brêmer, ses fils, Henrich, Wilfrid, qui sanglotaient et protestaient… je sentis une petite main me passer sur le cou… la douce main d'Annette, où j'imprimai mes lèvres pour un dernier adieu... Mais elle me prit par l'oreille, m'attira doucement... doucement... Je vis la porte du cellier ouverte sous un bout de la table... Je m'y laissai glisser... La porte se referma !

Ce fut l'affaire d'une seconde, au milieu de la bagarre.

À peine au fond de mon trou, on trépignait déjà sur la porte... puis tout devint silencieux : mes pauvres camarades étaient partis ! – La mère Grédel Dick jetait des cris de paon sur le seuil de son allée, disant que l'auberge du *Pied-de-Mouton* était déshonorée.

Je vous laisse à penser les réflexions que je dus faire durant tout un jour, blotti derrière une futaille, les reins courbés, les jambes repliées sous moi, songeant que si un chien descendait à la cave... que s'il prenait fantaisie à la cabaretière de venir elle-même remplir la cruche... que si la tonne se vidait dans le jour et qu'il fallût en mettre une autre en perce... que le moindre hasard enfin pouvait me perdre.

Toutes ces idées et mille autres me passaient par la tête.

Je me représentais le vieux Brêmer, Wilfrid, Karl, Ludwig et la grande Berthe, déjà pendus au gibet du Harberg, au milieu d'un cercle de corbeaux qui se gobergeaient à leurs dépens. – Les cheveux m'en dressaient sur la tête !

Annette, non moins troublée que moi, par excès de prudence, refermait la porte chaque fois qu'elle remontait du cellier. – J'entendis la vieille lui crier :

— Mais laisse donc cette porte. Es-tu folle de perdre la moitié de ton temps à l'ouvrir ?

Alors, la porte resta entrebâillée, et du fond de l'ombre, je vis les tables se garnir de nouveaux buveurs. – J'entendais des cris, des discussions, des histoires sans fin sur la fameuse bande.

— Oh ! les scélérats, disait l'un, grâce au ciel on les tient ! Quel fléau pour Heidelberg !... On n'osait plus se hasarder dans les rues après dix heures... Le commerce en souffrait... Enfin, c'est fini, dans quinze jours, tout sera rentré dans l'ordre.

— Voyez-vous ces musiciens de la Forêt-Noire, criait un autre... c'est un tas de bandits ! Ils s'introduisent dans les maisons sous prétexte de faire de la musique... ils observent les serrures, les coffres, les armoires, les issues, et puis, un beau matin, on apprend que le maître un tel a eu la gorge coupée dans son lit... que sa femme a été massacrée... ses enfants égorgés... la maison pillée de fond en comble… qu'on a mis le feu à la grange… ou autre chose dans ce genre… Quels misérables ! On devrait les exterminer tous sans miséricorde… au moins le pays serait tranquille.

— Toute la ville ira les voir pendre, disait la mère Grédel… Ce sera le plus beau jour de ma vie !

— Savez-vous que sans la montre du doyen Daniel, on n'aurait jamais trouvé leur trace ? Hier soir la montre disparaît… Ce matin, maître Daniel en donne le signalement à la police… une heure après, Madoc mettait la main sur toute la couvée… hé ! hé ! hé !

Et toute la salle de rire aux éclats. La honte, l'indignation, la peur, me faisaient frémir tour à tour.

Cependant la nuit vint. Quelques buveurs seuls restaient encore à table. On avait veillé la nuit précédente ; j'entendais la grosse cabaretière qui bâillait et murmurait :

— Ah ! mon Dieu, quand pourrons-nous aller nous coucher ?

Une seule chandelle restait allumée dans la salle.

— Allez dormir, madame, dit la douce voix d'Annette, je veillerai bien toute seule jusqu'à ce que ces messieurs s'en aillent.

Quelques ivrognes comprirent cette invitation et se retirèrent : il n'en restait plus qu'un, assoupi en face de sa cruche. Le wachtmann, étant venu faire sa ronde, l'éveilla, et je l'entendis sortir à son tour, grognant et trébuchant jusqu'à la porte.

— Enfin, me dis-je, le voilà parti : ce n'est pas malheureux. La mère Grédel va dormir, et la petite Annette ne tardera point à me délivrer.

Dans cette agréable pensée, je détirais déjà mes membres engourdis, quand ces paroles de la grosse cabaretière frappèrent mes oreilles :

— Annette, va fermer, et n'oublie pas de mettre la barre. Moi, je descends à la cave.

Il paraît qu'elle avait cette louable habitude, pour s'assurer que tout était en ordre.

— Mais, madame, balbutia la petite, le tonneau n'est pas vide ; vous n'avez pas besoin…

— Mêle-toi de tes affaires, interrompit la grosse femme, dont la chandelle brillait déjà sur l'escalier.

Je n'eus que le temps de me replier de nouveau derrière la futaille. La vieille, courbée sous la voûte basse du cellier, allait d'une tonne à l'autre, et je l'entendais murmurer :

— Oh ! la coquine, comme elle laisse couler le vin ! Attends, attends, je vais t'apprendre à mieux fermer les robinets. A-t-on jamais vu ! A-t-on jamais vu !

La lumière projetait les ombres contre le mur humide. Je me dissimulais de plus en plus.

Tout à coup, au moment où je croyais la visite terminée, j'entendis la grosse mère exhaler un soupir, mais un soupir si long, si lugubre, que l'idée me vint aussitôt qu'il se passait quelque chose d'extraordinaire. Je hasardai un œil... le moins possible ; et qu'est-ce que je vis ? Dame Grédel Dick, la bouche béante, les yeux hors de la tête, contemplant le dessous de la tonne, derrière laquelle je me tenais immobile. Elle venait d'apercevoir un de mes pieds sous la solive servant de cale, et s'imaginait sans doute avoir découvert le chef des brigands, caché là pour l'égorger pendant la nuit. Ma résolution fut prompte : je me redressai en murmurant :

— Madame, au nom du ciel ! ayez pitié de moi. Je suis...

Mais alors, elle, sans me regarder, sans m'écouter, se prit à jeter des cris de paon, des cris à vous déchirer les oreilles, tout en grimpant l'escalier aussi vite que le lui permettait son énorme corpulence. De mon côté, saisi d'une terreur inexprimable, je m'accrochai à sa robe, pour la prier à genoux. Mais ce fut bien pis encore :

— Au secours ! À l'assassin ! Oh ! ah ! mon Dieu ! Lâchez-moi. Prenez mon argent. Oh ! oh !

C'était effrayant. J'avais beau lui dire :

— Madame, regardez-moi. Je ne suis pas ce que vous pensez...

Bah ! elle était folle d'épouvante, elle radotait, elle bégayait, elle piaillait d'un accent si aigu, que si nous n'eussions été sous terre, tout le quartier en eût été éveillé. Dans cette extrémité, ne consultant que ma rage, je lui grimpai sur le dos, et j'atteignis avant elle la porte ; que je lui refermai sur le nez comme la foudre, ayant soin d'assujettir le verrou. Pendant la lutte, la lumière s'était éteinte, dame Grédel restait dans les ténèbres, et sa voix ne s'entendait plus que faiblement, comme dans le lointain.

Moi, épuisé, anéanti, je regardais Annette dont le trouble égalait le mien. Nous n'avions plus la force de nous dire un mot, et nous écoutions ces cris expirants, qui finirent par s'éteindre : la pauvre femme s'était évanouie.

— Oh ! Kasper, me dit Annette en joignant les mains, que faire, mon Dieu, que faire ? Sauve-toi... sauve-toi... On a peut-être entendu... Tu l'as donc tuée ?

— Tuée !... moi ?

— Eh bien... échappe-toi... Je vais t'ouvrir.

En effet, elle leva la barre, et je me pris à courir dans la rue, sans même la remercier... Ingrat ! Mais j'avais si peur... le danger était si pressant... le ciel si noir ! Il faisait un temps abominable : pas une étoile au ciel... pas un réverbère allumé... Et le vent... et la neige ! Ce n'est qu'après avoir couru au moins une demi-heure, que je m'arrêtai pour reprendre haleine... Et qu'on s'imagine mon épouvante quand, levant les yeux, je me vis juste en face du *Pied-de-Mouton*. Dans ma terreur, j'avais fait le tour du quartier, peut-être trois ou quatre fois de suite... Mes jambes étaient lourdes, boueuses... mes genoux vacillaient.

L'auberge, tout à l'heure déserte, bourdonnait comme une ruche ; des lumières couraient d'une fenêtre à l'autre... Elle était sans doute pleine d'agents de police. Alors, malheureux, épuisé par le froid et la faim, désespéré, ne sachant où trouver un asile, je pris la plus singulière de toutes les résolutions :

« Ma foi, me dis-je, mourir pour mourir... autant être pendu que de laisser ses os en plein champ sur la route de la Forêt-Noire ! »

Et j'entrai dans l'auberge, pour me livrer moi-même à la justice. Outre les individus râpés, aux chapeaux déformés, aux triques énormes, que j'avais déjà vus le matin, et qui allaient, venaient, furetaient et s'introduisaient partout, il y avait alors devant une table le grand bailli Zimmer, vêtu de noir, l'air grave, l'œil pénétrant, et le secrétaire Rôth, avec sa perruque rousse, sa grimace imposante et ses larges oreilles plates comme des écailles d'huîtres. C'est à peine si l'on fit attention à moi, circonstance qui modifia tout de suite ma résolution. Je m'assis dans l'un des coins de la salle, derrière le grand fourneau de fonte, en compagnie de deux ou trois voisins, accourus pour voir ce qui se passait, et je demandai tranquillement une chopine de vin et un plat de choucroute.

Annette faillit me trahir :

— Ah ! mon Dieu, fit-elle, est-ce possible ?

Mais une exclamation de plus ou de moins dans une telle cohue ne signifiait absolument rien... Personne n'y prit garde ; et, tout en mangeant du meilleur appétit, j'écoutai l'interrogatoire que subissait dame Grédel, accroupie dans un large fauteuil, les cheveux épars et les yeux encore écarquillés par la peur.

— Quel âge paraissait avoir cet homme ? lui demanda le bailli.

— De quarante à cinquante ans, monsieur... C'était un homme énorme, avec des favoris noirs... ou bruns... je ne sais pas au juste... le nez long... les yeux verts.

— N'avait-il pas quelques signes particuliers... des taches au visage... des cicatrices ?

— Non... je ne me rappelle pas... Il n'avait qu'un gros marteau... et des pistolets...

— Fort bien. Et que vous a-t-il dit ?

— Il m'a prise à la gorge... Heureusement j'ai crié si haut, que la peur l'a saisi... et puis, je me suis défendue avec les ongles... Ah ! quand on veut vous massacrer... on se défend, monsieur !...

— Rien de plus naturel, de plus légitime, madame... Écrivez, monsieur Rôth... Le sang-froid de cette bonne dame a été vraiment admirable !

Ainsi du reste de la déposition.

On entendit ensuite Annette, qui déclara simplement avoir été si troublée, qu'elle ne se souvenait de rien.

— Cela suffit, dit le bailli ; s'il nous faut d'autres renseignements, nous reviendrons demain.

Tout le monde sortit, et je demandai à dame Grédel une chambre pour la nuit. Elle n'eut pas le moindre souvenir de m'avoir vu... tant la peur lui avait troublé la cervelle.

— Annette, dit-elle, conduis monsieur à la petite chambre verte du troisième. Moi, je ne tiens plus sur mes jambes... Ah ! mon Dieu... mon Dieu... à quoi n'est-on pas exposé dans ce monde !

Elle se prit à sangloter, ce qui la soulagea.

Annette, ayant allumé une chandelle, me conduisit dans la chambre désignée, et quand nous fûmes seuls :

— Oh ! Kasper... Kasper... s'écria-t-elle naïvement... qui aurait jamais cru que tu étais de la bande ? Je ne me consolerai jamais d'avoir aimé un brigand !

— Comment, Annette... toi aussi ! lui répondis-je en m'asseyant désolé... Ah ! tu m'achèves !

J'étais prêt à fondre en larmes... Mais elle, revenant aussitôt de son injustice et m'entourant de ses bras :

— Non ! non ! fit-elle… Tu n'es pas de la bande… Tu es trop gentil pour cela, mon bon Kasper… Mais c'est égal… tu as un fier courage tout de même d'être revenu !

Je lui dis que j'allais mourir de froid dehors, et que cela seul m'avait décidé. Nous restâmes quelques instants tout pensifs, puis elle sortit pour ne pas éveiller les soupçons de dame Grédel. Quand je fus seul, après m'être assuré que les fenêtres ne donnaient sur aucun mur et que le verrou fermait bien, je remerciai le Seigneur de m'avoir sauvé dans ces circonstances périlleuses. Puis m'étant couché, je m'endormis profondément.

II

Le lendemain, je m'éveillai vers huit heures. Le temps était humide et terne. En écartant le rideau de mon lit, je remarquai que la neige s'était amoncelée au bord des fenêtres : les vitres en étaient toutes blanches. Je me pris à rêver tristement au sort de mes camarades ; ils avaient dû bien souffrir du froid… la grande Berthe et le vieux Brêmer surtout ! Cette idée me serra le cœur.

Comme je rêvais ainsi, un tumulte étrange s'éleva dehors. Il se rapprochait de l'auberge, et ce n'est pas sans inquiétude que je m'élançai vers une fenêtre, pour juger de ce nouveau péril.

On venait confronter la fameuse bande avec dame Grédel Dick, qui ne pouvait sortir après les terribles émotions de la veille. Mes pauvres compagnons descendaient la rue bourbeuse, entre deux files d'agents de police, et suivis d'une avalanche de gamins, hurlant et sifflant comme de vrais sauvages. Il me semble encore voir cette scène affreuse : le pauvre Brêmer, enchaîné avec son fils Ludwig, puis Karl et Wilfrid, et enfin la grande Berthe, qui marchait seule derrière et criait d'une voix lamentable :

— Au nom du ciel, messieurs, au nom du ciel… ayez pitié d'une pauvre harpiste innocente !… Moi… tuer !… moi… voler !… Oh ! Dieu, est-ce possible !

Elle se tordait les mains. Les autres étaient mornes, la tête penchée, les cheveux pendants sur la face.

Tout ce monde s'engouffra dans l'allée sombre de l'auberge. Les gardes en expulsèrent les étrangers… On referma la porte, et la foule avide resta dehors, les pieds dans la boue, le nez aplati contre les fenêtres.

Le plus profond silence s'établit alors dans la maison. M'étant habillé, j'entrouvris la porte de ma chambre pour écouter, et voir s'il ne serait pas possible de reprendre la clef des champs.

J'entendis quelques éclats de voix, des allées et des venues aux étages inférieurs, ce qui me convainquit que les issues étaient bien gardées. Ma porte donnait sur le palier, juste en face de la fenêtre que l'homme avait ouverte pour fuir. Je n'y fis d'abord pas attention... Mais comme je restais là, tout à coup je m'aperçus que la fenêtre était ouverte, qu'il n'y avait point de neige sur son bord, et, m'étant approché, je vis de nouvelles traces sur le mur. Cette découverte me donna le frisson. L'homme était revenu !... Il revenait peut-être toutes les nuits : le chat, la fouine, le furet... tous les carnassiers ont ainsi leur passage habituel. Quelle révélation ! Tout s'éclairait dans mon esprit d'une lumière mystérieuse.

« Oh ! si c'était vrai, me dis-je, si le hasard venait de me livrer le sort de l'assassin... mes pauvres camarades seraient sauvés ! »

Et je suivis des yeux cette trace, qui se prolongeait avec une netteté surprenante, jusque sur le toit voisin.

En ce moment, quelques paroles de l'interrogatoire frappèrent mes oreilles... On venait d'ouvrir la porte de la salle pour renouveler l'air... J'entendis :

— Reconnaissez-vous avoir, le 20 de ce mois, participé à l'assassinat du sacrificateur Ulmet Elias ?

Puis quelques paroles inintelligibles.

— Refermez la porte, Madoc, dit la voix du bailli... refermez la porte... Madame est souffrante...

Je n'entendis plus rien.

La tête appuyée sur la rampe, une grande résolution se débattait alors en moi. « Je puis sauver mes camarades, me disais-je ; Dieu vient de m'indiquer le moyen de les rendre à leurs familles... Si la peur me fait reculer devant un tel devoir, c'est moi qui les aurai assassinés... Mon repos, mon honneur, seront perdus à jamais... Je me jugerai le plus lâche... le plus vil des misérables ! » Longtemps j'hésitai ; mais tout à coup ma résolution fut prise... Je descendis et je pénétrai dans la cuisine.

— N'avez-vous jamais vu cette montre ? disait le bailli à dame Grédel ; recueillez bien vos souvenirs, madame.

Sans attendre la réponse, je m'avançai dans la salle, et, d'une voix ferme, je répondis :

— Cette montre, monsieur le bailli… je l'ai vue entre les mains de l'assassin lui-même… Je la reconnais… Et, quant à l'assassin, je puis vous le livrer ce soir, si vous daignez m'entendre.

Un silence profond s'établit autour de moi ; tous les assistants se regardaient l'un l'autre avec stupeur ; mes pauvres camarades parurent se ranimer.

— Qui êtes-vous, monsieur ? me demanda le bailli revenu de son émotion.

— Je suis le compagnon de ces infortunés, et je n'en ai pas honte, car tous, monsieur le bailli, tous, quoique pauvres, sont d'honnêtes gens… Pas un d'entre eux n'est capable de commettre les crimes qu'on leur impute.

Il y eut un nouveau silence. La grande Berthe se prit à sangloter tout bas ; le bailli parut se recueillir. Enfin, me regardant d'un œil fixe :

— Où donc prétendez-vous nous livrer l'assassin ?

— Ici même, monsieur le bailli… dans cette maison… Et, pour vous en convaincre, je ne demande qu'un instant d'audience particulière.

— Voyons, dit-il en se levant.

Il fit signe au chef de la police secrète, Madoc, de nous suivre, aux autres de rester. Nous sortîmes.

Je montai rapidement l'escalier. Ils étaient sur mes pas. Au troisième, m'arrêtant devant la fenêtre et leur montrant les traces de l'homme imprimées dans la neige :

— Voici les traces de l'assassin, leur dis-je… C'est ici qu'il passe chaque soir… Il est venu hier à deux heures du matin… Il est revenu cette nuit… Il reviendra sans doute ce soir.

Le bailli et Madoc regardèrent les traces quelques instants sans murmurer une parole.

— Et qui vous dit que ce sont les pas du meurtrier ? me demanda le chef de la police d'un air de doute.

Alors je leur racontai l'apparition de l'assassin dans notre grenier. Je leur indiquai, au-dessus de nous, la lucarne d'où je l'avais vu fuir au clair de lune, ce que n'avait pu faire Wilfrid, puisqu'il était resté couché… Je leur avouai que le hasard seul m'avait fait découvrir les empreintes de la nuit précédente.

— C'est étrange, murmurait le bailli ; ceci modifie beaucoup la situation des accusés. Mais comment nous expliquez-vous la présence du meurtrier dans la cave de l'auberge ?

— Ce meurtrier, c'était moi, monsieur le bailli !

Et je lui racontai simplement ce qui s'était passé la veille, depuis l'arrestation de mes camarades jusqu'à la nuit close, au moment de ma fuite.

— Cela suffit, dit-il.

Et se tournant vers le chef de la police :

— Je dois vous avouer, Madoc, que les dépositions de ces ménétriers ne m'ont jamais paru concluantes ; elles étaient loin de me confirmer dans l'idée de leur participation aux crimes... D'ailleurs, leurs papiers établissent, pour plusieurs, un alibi très difficile à démentir. Toutefois, jeune homme, malgré la vraisemblance des indices que vous nous donnez, vous resterez en notre pouvoir jusqu'à la vérification du fait... Madoc, ne le perdez pas de vue, et prenez vos mesures en conséquence.

Le bailli descendit alors tout méditatif, et, repliant ses papiers, sans ajouter un mot à l'interrogatoire :

— Qu'on reconduise les accusés à la prison, dit-il en lançant à la grosse cabaretière un regard de mépris.

Il sortit suivi de son secrétaire.

Madoc resta seul avec deux agents.

— Madame, dit-il à l'aubergiste, vous garderez le plus grand silence sur ce qui vient de se passer. De plus, vous rendrez à ce brave jeune homme la chambre qu'il occupait avant hier.

Le regard et l'accent de Madoc n'admettaient pas de réplique : dame Grédel promit ses grands dieux de faire ce que l'on voudrait, pourvu qu'on la débarrassât des brigands.

— Ne vous inquiétez pas des brigands, répliqua Madoc ; nous resterons ici tout le jour et toute la nuit pour vous garder... Vaquez tranquillement à vos affaires, et commencez par nous servir à déjeuner... Jeune homme, vous me ferez l'honneur de déjeuner avec nous ?

Ma situation ne me permettait pas de décliner cette offre... J'acceptai.

Nous voilà donc assis en face d'un jambon et d'une cruche de vin du Rhin. D'autres individus vinrent boire comme d'habitude, provoquant les confidences de dame Grédel et d'Annette ; mais elles se gardèrent bien de parler en notre présence, et furent extrêmement réservées, ce qui dut leur paraître fort méritoire.

Nous passâmes tout l'après-midi à fumer des pipes, à vider, des petits verres et des chopes ; personne ne faisait attention à nous.

Le chef de la police, malgré sa figure plombée, son regard perçant, ses lèvres pâles et son grand nez en bec d'aigle, était assez bon enfant après boire. Il nous racontait des gaudrioles avec verve et facilité. Il cherchait à saisir la petite Annette au passage. À chacune de ses paroles, les autres éclataient de rire ; moi, je restais morne, silencieux.

— Allons, jeune homme, me disait-il en riant, oubliez la mort de votre respectable grand-mère... Nous sommes tous mortels, que diable !... Buvez un coup et chassez ces idées nébuleuses.

D'autres se mêlaient à notre conversation, et le temps s'écoulait ainsi au milieu de la fumée du tabac, du cliquetis des verres et du tintement des canettes.

Mais à neuf heures, après la visite du wachtmann, tout changea de face ; Madoc se leva et dit :

— Ah ! çà ! procédons à nos petites affaires... Fermez la porte et les volets... et lestement ! Quant à vous, madame et mademoiselle, allez vous coucher !

Ces trois hommes, abominablement déguenillés, semblaient être plutôt de véritables brigands que les soutiens de l'ordre et de la justice. Ils tirèrent de leur pantalon des tiges de fer, armées à l'extrémité d'une boule de plomb... Le brigadier Madoc, frappant sur la poche de sa redingote, s'assura qu'un pistolet s'y trouvait... Un instant après, il le sortit pour y mettre une capsule.

Tout cela se faisait froidement... Enfin, le chef de la police m'ordonna de les conduire dans mon grenier.

Nous montâmes.

Arrivés dans le taudis, où la petite Annette avait eu soin de faire du feu, Madoc, jurant entre ses dents, s'empressa de jeter de l'eau sur le charbon ; puis m'indiquant la paillasse :

— Si le cœur vous en dit, vous pouvez dormir.

Il s'assit alors avec ses deux acolytes, au fond de la chambre, près du mur, et l'on souffla la lumière.

Je m'étais couché, priant tout bas le Seigneur d'envoyer l'assassin.

Le silence, après minuit, devint si profond, qu'on ne se serait guère douté que trois hommes étaient là, l'œil ouvert, attentifs au moindre bruit, comme des chasseurs à l'affût de quelque bête fauve. Les heures s'écoulaient lentement... lentement... Je ne dormais pas... Mille idées terribles me passaient par la tête... J'entendis sonner une heure... deux heures... et rien... rien n'apparaissait !

À trois heures, un des agents de police bougea... je crus que l'homme arrivait... mais tout se tut de nouveau. Je me pris alors à penser que Madoc devait me prendre pour un imposteur, qu'il devait terriblement m'en vouloir, que le lendemain il me maltraiterait... que, bien loin d'avoir servi mes camarades, je serais mis à la chaîne.

Après trois heures, le temps me parut extrêmement rapide ; j'aurais voulu que la nuit durât toujours, pour conserver au moins une lueur d'espérance.

Comme j'étais ainsi à ressasser les mêmes idées pour la centième fois... tout à coup, sans que j'eusse entendu le moindre bruit... la lucarne s'ouvrit... deux yeux brillèrent à l'ouverture... rien ne remua dans le grenier.

« Les autres se seront endormis », me dis-je.

La tête restait toujours là... attentive... On eût dit que le scélérat se doutait de quelque chose... Oh ! que mon cœur galopait... que le sang coulait vite dans mes veines... et pourtant le froid de la peur se répandait sur ma face... Je ne respirais plus !

Il se passa bien quelques minutes ainsi... puis... subitement... l'homme parut se décider... il se glissa dans notre grenier, avec la même prudence que la veille.

Mais au même instant un cri terrible... un cri bref, vibrant... retentit :

— Nous le tenons !

Et toute la maison fut ébranlée de fond en comble... Des cris... des trépignements... des clameurs rauques... me glacèrent d'épouvante... L'homme rugissait... les autres respiraient, haletants... puis il y eut un choc qui fit craquer le plancher... je n'entendis plus qu'un grincement de dents... un cliquetis de chaînes...

— De la lumière ! cria le terrible Madoc.

Et, tandis que le soufre flambait, jetant dans le réduit sa lueur bleuâtre, je distinguai vaguement les agents de police accroupis sur l'homme en manches de chemise: l'un le tenait à la gorge, l'autre lui appuyait les deux genoux sur la poitrine; Madoc lui serrait les poings dans des menottes à faire craquer les os; l'homme semblait inerte; seulement une de ses grosses jambes, nue depuis le genou jusqu'à la cheville, se relevait de temps en temps et frappait le plancher par un mouvement convulsif... Les yeux lui sortaient littéralement de la tête... une écume sanglante s'agitait sur ses lèvres.

À peine eus-je allumé la chandelle, que les agents de police firent une exclamation étrange.

— Notre doyen!...

Et tous trois se relevant... je les vis se regarder pâles de terreur.

L'œil de l'assassin bouffi de sang se tourna vers Madoc... Il voulut parler... mais, seulement au bout de quelques secondes... je l'entendis murmurer:

— Quel rêve!... Mon Dieu... quel rêve!

Puis il fit un soupir et resta immobile.

Je m'étais approché pour le voir... C'était bien lui... L'homme qui nous avait donné de si bons conseils sur la route de Heidelberg... Peut-être avait-il pressenti que nous serions la cause de sa perte: on a parfois de ces pressentiments terribles! Comme il ne bougeait plus et qu'un filet de sang glissait sur le plancher poudreux, Madoc, revenu de sa surprise, se pencha sur lui et déchira sa chemise; nous vîmes alors qu'il s'était donné un coup de son grand couteau dans le cœur.

— Eh! fit Madoc avec un sourire sinistre, M. le doyen a fait banqueroute à la potence... Il connaissait la bonne place et ne s'est pas manqué! Restez ici, vous autres... Je vais prévenir le bailli.

Puis il ramassa son chapeau, tombé pendant la lutte, et sortit sans ajouter un mot.

Je restai seul en face du cadavre avec les deux agents de police.

Le lendemain, vers huit heures, tout Heidelberg apprit la grande nouvelle. Ce fut un événement pour le pays. Daniel Van den Berg, doyen des drapiers, jouissait d'une fortune et d'une considération si bien établies, que beaucoup des gens se refusèrent à croire aux abominables instincts qui le dominaient.

On discuta ces événements de mille manières différentes. Les uns disaient que le riche doyen était somnambule, et par conséquent irresponsable de ses actions… les autres, qu'il était assassin par amour du sang, n'ayant aucun intérêt sérieux à commettre de tels crimes… Peut-être était-il l'un et l'autre ! C'est un fait incontestable que l'être moral, la volonté, l'âme, peu importe le nom, n'existe pas chez le somnambule… Or l'animal, abandonné à lui-même, subit naturellement l'impulsion de ses instincts pacifiques ou sanguinaires, et la face ramassée de maître Daniel Van den Berg, sa tête plate, renflée derrière les oreilles, ses longues moustaches hérissées… ses yeux verts… tout prouve qu'il appartenait malheureusement à la famille des chats… race terrible, qui tue pour le plaisir de tuer !…

Quoi qu'il en soit, mes compagnons furent rendus à la liberté. On cita la petite Annette, pendant quinze jours comme un modèle de dévouement. Elle fut même recherchée en mariage par le fils du bourgmestre Trungott, jeune homme romanesque, qui fera le malheur de sa famille. Moi, je m'empressai de retourner dans la Forêt-Noire, où, depuis cette époque, je remplis les fonctions de chef d'orchestre au bouchon du *Sabre-Vert*, sur la route de Tubingue. S'il vous arrive de passer par là, et que mon histoire vous ait intéressé, venez me voir… nous viderons deux ou trois bouteilles ensemble… et je vous raconterai certains détails, qui vous feront dresser les cheveux sur la tête !…

1859

Alphonse Daudet

L'Homme à la cervelle d'or

(Version première)

Je suis né dans une petite ville de l'ancienne Souabe, chez le greffier au tribunal, un jour de soleil et de Pentecôte. Ma venue au monde fut accompagnée de quelques signes étranges qu'il est bon de raconter. Toute la famille étant réunie autour du lit de l'accouchée, mon oncle, l'inspecteur aux douanes, me prit délicatement entre ses doigts et m'apporta près de la fenêtre pour me contempler à son aise ; mais la pesanteur de mon petit être le surprit à ce point que le bonhomme effrayé me lâcha et que je m'en allai tomber lourdement sur le carreau, la tête la première. On me crut mort sur le coup, et vous pensez les cris qu'on poussa ; le crâne d'un nouveau-né est quelque chose de si débile, le tissu en est si frêle, la pelure si délicate ; une aile de papillon glissant là-dessus peut causer les plus grands ravages ! Ô surprise ! la ténuité de mon crâne se ressentit à peine de cette terrible secousse, et ma tête, en touchant le sol, rendit un son métallique et connu de tous qui fit dresser vingt oreilles à la fois. On m'entoure, on me relève, on me palpe, et grande fut la stupeur, quand le docteur déclara que j'avais le sommet de la tête et la cervelle en or, à preuve un fragment qui s'en était détaché dans ma chute, et qu'on reconnut être un morceau d'or très pur et très fin.

— Singulier enfant ! dit monsieur le docteur en hochant la tête.

— Destiné à de grandes choses ! fit judicieusement observer mon oncle.

Avant de se séparer, on se promit le plus grand secret sur l'aventure : ce fut là la première pensée de ma mère, qui craignait que ma valeur une fois connue ne vînt à tenter la cupidité de méchantes gens. J'étais, du reste, un enfant comme tous les autres, mangeant ou plutôt buvant bien, avec cela très précoce et porteur d'allures drôlettes à dérider le front le plus sévère. Crainte d'accident, ma mère voulut me nourrir elle-même ! Je grandis donc dans notre vieille maison de la rue des Tanneurs, ne mettant presque jamais le nez dehors, toujours caressé, choyé, surveillé, talonné, n'osant faire un pas à moi seul de peur d'abîmer ma précieuse personne, et regardant tristement à travers les vitres mes petits voisins jouer aux osselets dans la rue et cabrioler à leur aise dans les ruisseaux. Comme vous pensez, on se garda bien de m'envoyer à l'école, mon père fit venir à grands frais des maîtres à la maison, et j'acquis en même temps une instruction présentable. J'avouerai même que j'étais doué d'une intelligence qui surprenait les gens, et dont mes parents et moi avions seuls le secret. Qui n'eût été intelligent avec une cervelle riche comme la mienne ? Un jour ne se passait pas sans que chez nous on ne bénît le ciel d'avoir fait un miracle en ma faveur et d'avoir honoré d'un enfant prodige l'humble demeure du greffier.

Ah ! faveur maudite, exécrable présent ! ne pouviez-vous donc tomber sur la maison d'en face !

II

Mon père était loin d'être riche : c'était un modeste greffier gagnant avec peine quelques misérables florins par année à copier et enregistrer les actes de tribunal. Les dépenses qu'il avait faites pour mon éducation étaient de beaucoup au-dessus de ses forces ; aussi, mes études finies et comme je prenais pied sur mes dix-huit ans, se trouva-t-il à bout de ressources.

Un soir, en rentrant d'une promenade sur l'esplanade, je trouvai quatre gaillards, fort laids, en train d'inspecter la maison et de tâter le pouls à nos pauvres meubles pour s'assurer de leur santé et de leur valeur. Ma mère pleurait dans un coin, accroupie sur un escabeau, la tête dans ses mains ; mon père, pâle comme un linceul blanc, faisait visiter l'appartement à ces messieurs et se retournait de temps à autre pour essuyer une grosse larme honteuse. Je compris que j'assistais à une lugubre scène du drame de M. Loyal. Les hommes sortis avec promesse de revenir le lendemain, nous restâmes seuls dans la chambre assombrie, et je n'entendis que des pleurs et des sanglots.

Mon père se leva et se promena quelques instants par la salle. « – Ah ! malheureux enfant ! fit-il en s'arrêtant tout à coup, que de douleurs tu nous vaux, et comment t'acquitteras-tu jamais envers moi des larmes que tu fais verser à ta mère ! » Je voulus parler, les pleurs m'en empêchaient ; – ma mère priait à voix basse dans un coin.

Mon père reprit, en s'approchant de moi : « – Dire que nous mourons de misère à côté de cet or ! » Et d'un geste fébrile, il appuya sa main sur mon front. De l'or ! À ce mot, un frisson fit claquer ses membres, en même temps qu'une idée terrible fondait sur moi et m'envahissait. Je songeai aux richesses immenses que contenait mon cerveau : « – Oh ! si je pouvais !... » Et plein de cette pensée, je courus m'enfermer avec elle dans ma chambre.

Maintes fois on m'avait conté la scène qui accompagna ma naissance : et puisque j'avais survécu à la perte d'un morceau de ma cervelle, il me parut que je pouvais sans péril en détacher encore un brin pour venir en aide à mes malheureux parents. Ici, une affreuse objection se dressait devant moi : ce lambeau de cervelle que j'allais m'arracher, n'était-ce pas pour autant d'intelligence dont je me privais ? L'intelligence, ce levier, cette force, cette puissance ; l'intelligence, ma seule richesse à moi ! Avais-je le droit de disposer ainsi d'un bien que je n'avais acquis au prix d'aucun travail, d'aucune fatigue ? Et que deviendrais-je, juste Dieu, si j'allais tomber dans l'imbécillité et l'abrutissement ?... D'un côté, je voyais le désespoir de ces pauvres gens qui avaient trouvé bon de se sacrifier pour moi : mon cœur s'en émut, mes yeux se mouillèrent, je n'y tins plus, et, prenant une décision soudaine... L'horrible souffrance, je crus que ma tête éclatait.

J'entrai dans la salle où se tenaient mes parents : « Tenez, leur dis-je, ne pleurez plus ! » et je jetai sur leurs genoux un morceau d'or gros comme une noisette, tout saignant encore et tout palpitant. Tandis qu'ils me couvraient de leurs caresses, moi j'étais en proie à une profonde tristesse, et à une sensation singulière : mes idées me semblaient moins nettes, moins lucides; c'était comme un voile qui s'étendait sur mon esprit. – Je secouai tout cela: «Bah! me dis-je, c'est pour la maison; et puis j'en ai donné si peu!...»

III

À quelque temps de là, de misérables compagnons de débauche m'entraînèrent à une orgie qui devait me coûter cher. La chose se passait à l'Hôtel de France: on y fit un vacarme du diable, on mit la cave à sec et la vaisselle à sac; nous nous amusâmes considérablement. Quand le fatal quart-d'heure sonna, mes excellents amis, profitant de mon ivresse, jugèrent à propos de s'évader sans m'avertir et sans payer. Je passai ma nuit à dormir sur les divans de l'Hôtel et, le lendemain au réveil, je me trouvai face à face avec une interminable addition qu'il fallait solder sur-le-champ. Je n'avais pas un kreutzer en poche, et si grand que fût mon crève-cœur, je dus recourir encore à ma cervelle et lui faire un second et terrible emprunt... Dès ce jour, un amer découragement s'empara de mon être; encore quelques emprunts de ce genre, et j'en aurais fini avec cette intelligence dont j'étais si fier. Cette pensée, qui me faisait frémir, se dressait sans cesse devant mes yeux; je devins sombre, misanthrope; de tous mes amis, je n'en avais gardé qu'un seul, le plus ancien et le plus sûr de tous, qui connaissait depuis longtemps mon secret et me prêchait à toute heure du jour de ménager précieusement ce trésor; ce cher ami avait ses raisons pour cela; une nuit qu'il pleuvait et que le mauvais temps le fit coucher à la maison, il s'en vint furtivement et pendant mon sommeil il m'arracha un énorme quartier de cervelle.

La douleur me réveilla, et je me dressai en hurlant sur ma couche, le misérable, pris en flagrant délit, ne sut que pâlir, balbutier et trembler de tous ses membres. En fin de compte, il s'enfuit, emportant son butin. Je ne sais comment j'aurais supporté ce dernier coup, si une passion violente n'était venue me distraire un temps des rêves sinistres où je m'abîmais; je devins amoureux et je résolus de me marier, persuadé que dans un intérieur tranquille et aimant, je parviendrais à échapper à la complète destruction du meilleur de moi.

IV

La femme que je choisis était, certes, faite pour charmer ; elle avait des yeux, de l'esprit et du cœur, un nom qui me plaisait, de fines attaches et de l'économie ; nous entrâmes en ménage et je me crus heureux pour toujours. Hélas ! du jour de mon mariage datèrent seulement mes vraies souffrances, et c'est là que je devais engloutir le beau lingot d'or qui me restait encore dans le crâne.

Ma femme, avec des goûts modestes, était pourtant aiguillonnée par le désir immodéré de la toilette ; le soir, à la musique, je l'entendais maintes fois soupirer et regarder douloureusement, en passant à côté des dames de la ville, toutes somptueusement habillées. Je voyais clair dans ses soupirs, et, bien qu'elle n'osât me les avouer, je sentais les regrets que faisait naître en elle cet étalage de luxe. Peu à peu je crus m'apercevoir que la froideur se glissait dans la maison : plus d'effusion de cœur, plus d'épanchements, plus de longues et douces causeries. Je compris qu'on commençait à m'accuser de beaucoup d'égoïsme. – « Pourquoi, se disait-on, me laisser dans un pareil dénûment et puisqu'il a le moyen de me rendre heureuse pourquoi ne pas s'en servir ? Que fera-t-il de ses richesses, s'il ne les dépense pour moi. » Je lisais toutes ces choses et bien d'autres encore dans l'azur d'une paire d'yeux trop beaux pour mentir et tandis que j'observais de mon côté, l'amour s'en allait de l'autre. Il fallait prendre un parti ; j'aimai mieux laisser faire mon cœur. Ma femme eut des diamants, ma femme me rendit ses plus doux sourires : mais non ! vous ne saurez jamais de quel prix je payai tout cela… Comment faire autrement, puisque je n'avais pas de fortune ? Pouvais-je entrer en boutique, mesurer du drap à l'aune, fabriquer des cornets de papier ? Quelque chose de divin que je sentais en moi me défendait obstinément des métiers pareils. Il me fallait de l'argent ; ma cervelle valait de l'argent, et ma foi, je dépensai ma cervelle. – Dépense de tous les jours, torture de toutes les heures, pour les besoins de la vie, pour les joies de la vanité, ce soir pour un bal, demain pour le dîner, hier pour une robe, aujourd'hui pour du pain ; le trésor y passait tout entier. Parfois, aux heures de solitude et des regards intérieurs, il me prenait de soudaines rages, je saisissais ma tête à deux mains, comme pour arrêter les flots d'or qui s'en échappaient; je criais: « Ne t'en va pas! ne t'en va pas! » Un instant après, je m'acharnais à me meurtrir le crâne pour en extraire le divin minerai. Sur ces entrefaites, un bonheur imprévu vint apporter quelque soulagement à mon affreuse position, poser un baume sur mes plaies toujours saignantes. Un enfant nous naquit, un bijou de petit garçon, vraie miniature de la mère. Mon premier soin fut de m'assurer qu'il n'aurait pas la cervelle de son père, et quand je vis qu'il n'avait pas hérité de cette infirmité royale, j'eus de la joie pour quelque temps.

V

L'enfant grandit; ô douleur! C'était un être de plus à faire vivre de mon cerveau. Des nourrices, des médecins, des éleveurs. Que sais-je encore? tout autant de misérables qui vinrent s'acharner sur ma mine d'or, si souvent et si cruellement exploitée. Je n'épargnai rien à la chère créature; et ce qui m'étonnait surtout, c'était la quantité de richesses contenues en ma cervelle, et la peine que j'avais à les épuiser. Il fallait pourtant en finir, une bonne fois... Nous étions au premier jour de l'année; au-dehors, un gai soleil se jouait sur la neige; chez moi, les fronts étaient moroses et les yeux gonflés. L'enfant soupirait dans son lit; à l'air de misère qui régnait dans la maison il devinait bien qu'il ne devait pas songer aux étrennes, et que cette journée de joie serait toute de larmes pour lui. Triste de cette tristesse, la mère se taisait et, volontiers, eût donné son sang pour voir un rayon de gaieté dans les yeux du bambin; mais, sachant mes nombreux sacrifices, elle n'osait me demander encore celui-là. De ma place, je voyais ce drame de famille poignant et désolé... Enfin, n'y tenant plus, je passai dans la chambre voisine et j'allai à ma cervelle. – Dieu vivant! le trésor avait fui; – il en restait à peine un débris gros comme la moitié de mon petit doigt: « Non, jamais! » m'écriai-je en frémissant. Au même moment, j'entendis dans la pièce à côté l'enfant, que ma présence ne retenait plus, partir d'un long sanglot. Je n'hésitai pas... Le sacrifice accompli, je revins près de ma femme et je lui dis d'aller avec son fils acheter des étrennes; l'enfant battit des mains, elle, pleurant de joie, se jeta dans mes bras et se serra sur ma poitrine avec amour : « Ah ! cher homme, que tu es bon ! »

Quand ils furent sortis, je me laissai tomber sur une chaise, et là je songeai amèrement à ces splendides richesses, – dont il ne me restait plus désormais la moindre parcelle et qu'il ne m'était plus donné de revoir. Je récapitulai toutes les circonstances de ma vie où j'avais perdu mon or brin par brin, tous les buissons de la route où j'avais laissé un lambeau de ma toison ; la maladresse de mon oncle, mon amour pour mes parents, le mauvais tour de mes camarades à l'Hôtel de France, l'horrible conduite de mon ami, mes devoirs d'époux et de père, tout me passa devant les yeux. Que faire désormais ? que désirer ? un lit d'hôpital ou bien encore une place de garçon mercier quelque part, à la Bobine d'argent, par exemple ; voilà l'avenir qui m'était réservé, et je n'avais pas quarante ans. Puis, tandis que je me désolais et que je pleurais toutes mes larmes, je vins à songer à tant de malheureux qui vivent de leur cervelle comme moi j'en avais vécu, à ces artistes, à ces gens de lettres sans fortune, obligés de faire du pain de leur intelligence, et je me dis que je ne devais pas être seul ici-bas à connaître les souffrances de l'homme à la cervelle d'or.

1860

George Sand

L'Orgue du Titan

Un soir, l'improvisation musicale du vieux et illustre maître Angelin nous passionnait comme de coutume, lorsqu'une corde de piano vint à se briser avec une vibration insignifiante pour nous, mais qui produisit sur les nerfs surexcités de l'artiste l'effet du coup de foudre. Il recula brusquement sa chaise, frotta ses mains, comme si, chose impossible, la corde les eût cinglées, et laissa échapper ces étranges paroles :

— Diable de titan, va !

Sa modestie bien connue ne nous permettait pas de penser qu'il se comparât à un titan. Son émotion nous parut extraordinaire. Il nous dit que ce serait trop long à expliquer.

— Cela m'arrive quelquefois, nous dit-il, quand je joue le motif sur lequel je viens d'improviser. Un bruit imprévu me trouble et il me semble que mes mains s'allongent. C'est une sensation douloureuse et qui me reporte à un moment tragique et pourtant heureux dans mon existence.

Pressé de s'expliquer, il céda et nous raconta ce qui suit.

Vous savez que je suis de l'Auvergne, né dans une très pauvre condition et que je n'ai pas connu mes parents. Je fus élevé par la charité publique et recueilli par M. Jansiré, que l'on appelait par abréviation maître Jean, professeur de musique et organiste de la cathédrale de Clermont. J'étais son élève en qualité d'enfant de chœur. En outre, il prétendait m'enseigner le solfège et le clavecin.

C'était un homme terriblement bizarre que maître Jean, un véritable type de musicien classique, avec toutes les excentricités que l'on nous attribue, que quelques-uns de nous affectent encore, et qui, chez lui, étaient parfaitement naïves, par conséquent redoutables.

Il n'était pas sans talent, bien que ce talent fût très au-dessous de l'importance qu'il lui attribuait. Il était bon musicien, avait des leçons en ville et m'en donnait à moi-même à ses moments perdus, car j'étais plutôt son domestique que son élève et je faisais mugir les soufflets de l'orgue plus souvent que je n'en essayais les touches.

Ce délaissement ne m'empêchait pas d'aimer la musique et d'en rêver sans cesse ; à tous autres égards, j'étais un véritable idiot, comme vous allez voir.

Nous allions quelquefois à la campagne, soit pour rendre visite à des amis du maître, soit pour réparer les épinettes et clavecins de sa clientèle ; car, en ce temps-là, – je vous parle du commencement du siècle, – il y avait fort peu de pianos dans nos provinces, et le professeur organiste ne dédaignait pas les petits profits du luthier et de l'accordeur.

Un jour, maître Jean me dit :

— Petit, vous vous lèverez demain avec le jour. Vous ferez manger l'avoine à Bibi, vous lui mettrez la selle et le portemanteau et vous viendrez avec moi. Emportez vos souliers neufs et votre habit vert billard. Nous allons passer deux jours de vacances chez mon frère le curé de Chanturgue.

Bibi était un petit cheval maigre, mais vigoureux, qui avait l'habitude de porter maître Jean avec moi en croupe.

Le curé de Chanturgue était un bon vivant et un excellent homme que j'avais vu quelquefois chez son frère. Quant à Chanturgue, c'était une paroisse éparpillée dans les montagnes et dont je n'avais non plus d'idée que si l'on m'eût parlé de quelque tribu perdue dans les déserts du Nouveau Monde.

Il fallait être ponctuel avec maître Jean. À trois heures du matin, j'étais debout ; à quatre, nous étions sur la route des montagnes ; à midi, nous prenions quelque repos et nous déjeunions dans une petite maison d'auberge bien noire et bien froide, située à la limite d'un désert de bruyères et de laves ; à trois heures, nous repartions à travers ce désert.

La route était si ennuyeuse, que je m'endormis à plusieurs reprises. J'avais étudié très consciencieusement la manière de dormir en croupe sans que le maître s'en aperçût. Bibi ne portait pas seulement l'homme et l'enfant, il avait encore à l'arrière-train, presque sur la queue, un portemanteau étroit, assez élevé, une sorte de petite caisse en cuir où ballottaient pêle-mêle les outils de maître Jean et ses nippes de rechange. C'est sur ce portemanteau que je me calais, de manière qu'il ne sentît pas sur son dos l'alourdissement de ma personne et sur son épaule le balancement de ma tête. Il avait beau consulter le profil que nos ombres dessinaient sur les endroits aplanis du chemin ou sur les talus de rochers, j'avais étudié cela aussi, et j'avais, une fois pour toutes, adopté une pose en raccourci, dont il ne pouvait saisir nettement l'intention. Quelquefois pourtant, il soupçonnait quelque chose et m'allongeait sur les jambes un coup de sa cravache à pomme d'argent, en disant :

— Attention, petit ! on ne dort pas dans la montagne !

Comme nous traversions un pays plat et que les précipices étaient encore loin, je crois que ce jour-là il dormit pour son compte. Je m'éveillai dans un lieu qui me parut sinistre. C'était encore un sol plat couvert de bruyères et de buissons de sorbiers nains. De sombres collines tapissées de petits sapins s'élevaient sur ma droite et fuyaient derrière moi ; à mes pieds, un petit lac, rond comme un verre de lunette, – c'est vous dire que c'était un ancien cratère, – reflétait un ciel bas et nuageux. L'eau, d'un gris bleuâtre, à pâles reflets métalliques, ressemblait à du plomb en fusion. Les berges unies de cet étang circulaire cachaient pourtant l'horizon, d'où l'on pouvait conclure que nous étions sur un plan très élevé ; mais je ne m'en rendis point compte et j'eus une sorte d'étonnement craintif en voyant les nuages ramper si près de nos têtes, que, selon moi, le ciel menaçait de nous écraser.

Maître Jean ne fit nulle attention à ma mélancolie.

— Laisse brouter Bibi, me dit-il en mettant pied à terre ; il a besoin de souffler. Je ne suis pas sûr d'avoir suivi le bon chemin, je vais voir.

Il s'éloigna et disparut dans les buissons ; Bibi se mit à brouter les fines herbes et les jolis œillets sauvages qui foisonnaient avec mille autres fleurs dans ce pâturage inculte. Moi, j'essayai de me réchauffer en battant la semelle. Bien que nous fussions en plein été, l'air était glacé. Il me sembla que les recherches du maître duraient un siècle. Ce lieu désert devait servir de refuge à des bandes de loups, et, malgré sa maigreur, Bibi eût fort bien pu les tenter. J'étais en ce temps-là plus maigre encore que lui ; je ne me sentis pourtant pas rassuré pour moi-même. Je trouvais le pays affreux et ce que le maître appelait une partie de plaisir s'annonçait pour moi comme une expédition grosse de dangers. Était-ce un pressentiment ?

Enfin il reparut, disant que c'était le bon chemin et nous repartîmes au petit trot de Bibi, qui ne paraissait nullement démoralisé d'entrer dans la montagne.

Aujourd'hui, de belles routes sillonnent ces sites sauvages, en partie cultivés déjà ; mais, à l'époque où je les vis pour la première fois, les voies étroites, inclinées ou relevées dans tous les sens, allant au plus court n'importe au prix de quels efforts, n'étaient point faciles à suivre. Elles n'étaient empierrées que par les écroulements fortuits des montagnes, et, quand elles traversaient ces plaines disposées en terrasses, il arrivait que l'herbe recouvrait fréquemment les traces des petites roues de chariot et des pieds non ferrés des chevaux qui les traînaient.

Quand nous eûmes descendu jusqu'aux rives déchirées d'un torrent d'hiver, à sec pendant l'été, nous remontâmes rapidement, et, en tournant le massif exposé au nord, nous nous retrouvâmes vers le midi dans un air pur et brillant. Le soleil sur son déclin enveloppait le paysage d'une splendeur extraordinaire et ce paysage était une des plus belles choses que j'ai vues de ma vie. Le chemin tournant, tout bordé d'un buisson épais d'épilobes roses, dominait un plan ravivé au flanc duquel surgissaient deux puissantes roches de basalte d'aspect monumental, portant à leur cime des aspérités volcaniques qu'on eût pu prendre pour des ruines de forteresses.

J'avais déjà vu les combinaisons prismatiques du basalte dans mes promenades autour de Clermont, mais jamais avec cette régularité et dans cette proportion. Ce que l'une de ces roches avait d'ailleurs de particulier, c'est que les prismes étaient contournés en spirale et semblaient être l'ouvrage à la fois grandiose et coquet d'une race d'hommes gigantesques.

Ces deux roches paraissaient, d'où nous étions, fort voisines l'une de l'autre ; mais en réalité elles étaient séparées par un ravin à pic au fond duquel coulait une rivière. Telles qu'elles se présentaient, elles servaient de repoussoir à une gracieuse perspective de montagnes marbrées de prairies vertes comme l'émeraude, et coupées de ressauts charmants formés de lignes rocheuses et de forêts. Dans tous les endroits adoucis, on saisissait au loin les chalets et les troupeaux de vaches, brillantes comme de fauves étincelles au reflet du couchant. Puis, au bout de cette perspective, par-dessus l'abîme des vallées profondes noyées dans la lumière, l'horizon se relevait en dentelures bleues, et les monts Dômes profilaient dans le ciel leurs pyramides tronquées, leurs ballons arrondis ou leurs masses isolées, droites comme des tours.

La chaîne de montagnes où nous entrions avait des formes bien différentes, plus sauvages et pourtant plus suaves. Les bois de hêtres jetés en pente rapide, avec leurs mille cascatelles au frais murmure, les ravins à pic tout tapissés de plantes grimpantes, les grottes où le suintement des sources entretenait le revêtement épais des mousses veloutées, les gorges étroites brusquement fermées à la vue par leurs coudes multipliés, tout cela était bien plus alpestre et plus mystérieux que les lignes froides et nues des volcans de date plus récente.

Depuis ce jour, j'ai revu l'entrée solennelle que les deux roches basaltiques placées à la limite du désert font à la chaîne du mont Dore, et j'ai pu me rendre compte du vague éblouissement que j'en reçus quand je les vis pour la première fois. Personne ne m'avait encore appris en quoi consiste le beau dans la nature. Je le sentis pour ainsi dire physiquement, et, comme j'avais mis pied à terre pour faciliter la montée au petit cheval, je restai immobile, oubliant de suivre le cavalier.

— Eh bien, eh bien, me cria maître Jean, que faites-vous là-bas, imbécile ?

Je me hâtai de le rejoindre et de lui demander le nom de l'endroit *si drôle*, où nous étions.

— Apprenez, drôle vous-même, répondit-il, que cet endroit est un des plus extraordinaires et des plus effrayants que vous verrez jamais. Il n'a pas de nom que je sache, mais les deux pointes que vous voyez là, c'est la roche Sanadoire et la roche Tuilière. Allons, remontez, et faites attention à vous.

Nous avions tourné les roches et devant nous s'ouvrait l'abîme vertigineux qui les sépare. De cela, je ne fus point effrayé. J'avais gravi assez souvent les pyramides escarpées des monts Dômes pour ne pas connaître l'éblouissement de l'espace. Maître Jean, qui n'était pas né dans la montagne et qui n'était venu en Auvergne qu'à l'âge d'homme, était moins aguerri que moi.

Je commençai, ce jour-là, à faire quelques réflexions sur les puissants accidents de la nature au milieu desquels j'avais grandi sans m'en étonner, et, au bout d'un instant de silence, me retournant vers la roche Sanadoire, je demandai à mon maître *qu'est-ce qui avait fait* ces choses-là.

— C'est Dieu qui a fait toutes choses, répondit-il, vous le savez bien.

— Je sais; mais pourquoi a-t-il fait des endroits qu'on dirait tout cassés, comme s'il avait voulu les défaire après les avoir faits?

La question était fort embarrassante pour maître Jean, qui n'avait aucune notion des lois naturelles de la géologie et qui, comme la plupart des gens de ce temps-là, mettait encore en doute l'origine volcanique de l'Auvergne. Cependant, il ne lui convenait pas d'avouer son ignorance, car il avait la prétention d'être instruit et beau parleur. Il tourna donc la difficulté en se jetant dans la mythologie et me répondit emphatiquement:

— Ce que vous voyez là, c'est l'effort que firent les titans pour escalader le ciel.

— Les titans! qu'est-ce que c'est que cela? m'écriai-je voyant qu'il était en humeur de déclamer.

— C'était, répondit-il, des géants effroyables qui prétendaient détrôner Jupiter et qui entassèrent roches sur roches, monts sur monts, pour arriver jusqu'à lui; mais il les foudroya, et ces montagnes brisées, ces autres éventrées, ces abîmes, tout cela, c'est l'effet de la grande bataille.

— Est-ce qu'ils sont tous morts? demandai-je.

— Qui ça? les titans?

— Oui; est-ce qu'il y en a encore?

Maître Jean ne put s'empêcher de rire de ma simplicité, et, voulant s'en amuser, il répondit:

— Certainement, il en est resté quelques-uns.

— Bien méchants?

— Terribles!

— Est-ce que nous en verrons dans ces montagnes-ci?

— Eh! eh! cela se pourrait bien.

— Est-ce qu'ils pourraient nous faire du mal?

— Peut-être ! mais, si tu en rencontres, tu te dépêcheras d'ôter ton chapeau et de saluer bien bas.

— Qu'à cela ne tienne ! répondis-je gaiement.

Maître Jean crut que j'avais compris son ironie et songea à autre chose. Quant à moi, je n'étais point rassuré, et, comme la nuit commençait à se faire, je jetais des regards méfiants sur toute roche ou sur tout gros arbre d'apparence suspecte, jusqu'à ce que, me trouvant tout près, je pusse m'assurer qu'il n'y avait pas là forme humaine.

Si vous me demandiez où est située la paroisse de Chanturgue, je serais bien empêché de vous le dire. Je n'y suis jamais retourné depuis et je l'ai en vain cherchée sur les cartes et dans les itinéraires. Comme j'étais impatient d'arriver, la peur me gagnant de plus en plus, il me sembla que c'était fort loin de la roche Sanadoire. En réalité, c'était fort près, car il ne faisait pas nuit noire quand nous y arrivâmes. Nous avions fait beaucoup de détours en côtoyant les méandres du torrent. Selon toute probabilité, nous avions passé derrière les montagnes que j'avais vues de la roche Sanadoire et nous étions de nouveau à l'exposition du midi, puisqu'à plusieurs centaines de mètres au-dessous de nous croissaient quelques maigres vignes.

Je me rappelle très bien l'église et le presbytère avec les trois maisons qui composaient le village. C'était au sommet d'une colline adoucie que des montagnes plus hautes abritaient du vent. Le chemin raboteux était très large et suivait avec une sage lenteur les mouvements de la colline. Il était bien battu, car la paroisse, composée d'habitations éparses et lointaines, comptait environ trois cents habitants que l'on voyait arriver tous les dimanches, en famille, sur leurs chars à quatre roues, étroits et longs comme des pirogues et traînés par des vaches. Excepté ce jour-là, on pouvait se croire dans le désert ; les maisons qui eussent pu être en vue se trouvaient cachées sous l'épaisseur des arbres au fond des ravins, et celles des bergers, situées en haut, étaient abritées dans les plis des grosses roches.

Malgré son isolement et la sobriété de son ordinaire, le curé de Chanturgue était gros, gras et fleuri comme les plus beaux chanoines d'une cathédrale. Il avait le caractère aimable et gai. Il n'avait pas été trop tourmenté par la Révolution. Ses paroissiens l'aimaient parce qu'il était humain, tolérant, et prêchait en langage du pays.

Il chérissait son frère Jean, et, bon pour tout le monde, il me reçut et me traita comme si j'eusse été son neveu. Le souper fut agréable et le lendemain s'écoula gaiement. Le pays, ouvert d'un côté sur les vallées, n'était point triste ; de l'autre, il était enfoui et sombre, mais les bois de hêtres et de sapins pleins de fleurs et de fruits sauvages, coupés par des prairies humides d'une fraîcheur délicieuse, n'avaient rien qui me rappelât le site terrible de la roche Sanadoire ; les fantômes de titans qui m'avaient gâté le souvenir de ce bel endroit s'effacèrent de mon esprit.

On me laissa courir où je voulus, et je fis connaissance avec les bûcherons et les bergers, qui me chantèrent beaucoup de chansons. Le curé, qui voulait fêter son frère et qui l'attendait, s'était approvisionné de son mieux, mais lui et moi faisions seuls honneur au festin. Maître Jean avait un médiocre appétit, comme les gens qui boivent sec. Le curé lui servit à discrétion le vin du cru, noir comme de l'encre, âpre au goût, mais vierge de tout alliage malfaisant, et, selon lui, incapable de faire mal à l'estomac.

Le jour suivant, je pêchai des truites avec le sacristain dans un petit réservoir que formait la rencontre de deux torrents et je m'amusai énormément à écouter une mélodie naturelle que l'eau avait trouvée en se glissant dans une pierre creuse. Je la fis remarquer au sacristain, mais il ne l'entendit pas et crut que je rêvais.

Enfin, le troisième jour, on se disposa à la séparation. Maître Jean voulait partir de bonne heure, disant que la route était longue, et l'on se mit à déjeuner avec le projet de manger vite et de boire peu.

Mais le curé prolongeait le service, ne pouvant se résoudre à nous laisser partir sans être bien lestés.

— Qui vous presse tant ? disait-il. Pourvu que vous soyez sortis en plein jour de la montagne, à partir de la descente de la roche Sanadoire vous rentrez en pays plat et plus vous approchez de Clermont, meilleure est la route. Avec cela, la lune est au plein et il n'y a pas un nuage au ciel. Voyons, voyons, frère Jean, encore un verre de ce vin, de ce bon petit vin de *Chante-orgue* !

— Pourquoi *Chante-orgue* ? dit maître Jean.

— Eh ! ne vois-tu pas que Chanturgue vient de Chante-orgue ? C'est clair comme le jour et je n'ai pas été long à en découvrir l'étymologie.

— Il y a donc des orgues dans vos vignes ? demandai-je avec ma stupidité accoutumée.

— Certainement, répondit le bon curé. Il y en a plus d'un quart de lieue de long.

— Avec des tuyaux ?

— Avec des tuyaux tout droits comme à ton orgue de la cathédrale.

— Et qu'est-ce qui en joue ?

— Oh ! les vignerons avec leurs pioches.

— Qu'est-ce donc qui les a faites, ces orgues ?

— *Les Titans !* dit maître Jean en reprenant son ton railleur et doctoral.

— En effet, c'est bien dit, reprit le curé, émerveillé du génie de son frère. On peut dire que c'est l'œuvre des titans.

J'ignorais que l'on donnât le nom de *jeux d'orgues* aux cristallisations du basalte quand elles offrent de la régularité. Je n'avais jamais ouï parler des célèbres orgues basaltiques d'Espaly en Velay, ni de plusieurs autres très connues aujourd'hui et dont personne ne s'étonne plus. Je pris au pied de la lettre l'explication de M. le curé et je me félicitai de n'être point descendu à la vigne, car toutes mes terreurs me reprenaient.

Le déjeuner se prolongea indéfiniment et devint un dîner, presque un souper. Maître Jean était enchanté de l'étymologie de Chanturgue et ne se laissait pas de répéter :

— Chante-orgue ! Joli vin, joli nom ! On l'a fait pour moi qui touche l'orgue, et agréablement, je m'en flatte ! Chante, petit vin, chante dans mon verre ! chante aussi dans ma tête ! Je te sens gros de fugues et de motets qui couleront de mes doigts comme tu coules de la bouteille ! À ta santé, frère ! Vivent les grandes orgues de Chanturgue ! vive mon petit orgue de la cathédrale, qui, tout de même, est aussi puissant sous ma main qu'il le serait sous celle d'un titan ! Bah ! je suis un titan aussi, moi ! Le génie grandit l'homme et chaque fois que j'entonne le *Gloria in excelsis*, j'escalade le ciel !

Le bon curé prenait sérieusement son frère pour un grand homme et il ne le grondait pas de ses accès de vanité délirante. Lui-même fêtait le vin de *Chante-orgue* avec l'attendrissement d'un frère qui reçoit les adieux prolongés de son frère bien-aimé ; si bien que le soleil commençait à baisser quand on m'ordonna d'habiller Bibi. Je ne répondrais pas que j'en fusse bien capable. L'hospitalité avait rempli bien souvent mon verre et la politesse m'avait fait un devoir de ne pas le laisser plein. Heureusement le sacristain m'aida, et, après de longs et tendres embrassements, les deux frères baignés de larmes se quittèrent au bas de la colline. Je montai en trébuchant sur l'échine de Bibi.

— Est-ce que, par hasard, monsieur serait ivre ? dit maître Jean en caressant mes oreilles de sa terrible cravache.

Mais il ne me frappa point. Il avait le bras singulièrement mou et les jambes très lourdes, car on eut beaucoup de peine à équilibrer ses étriers, dont l'un se trouvait alternativement plus long que l'autre.

Je ne sais point ce qui se passa jusqu'à la nuit. Je crois bien que je ronflais tout haut sans que le maître s'en aperçût. Bibi était si raisonnable que j'étais sans inquiétude. Là où il avait passé une fois, il s'en souvenait toujours.

Je m'éveillai en le sentant s'arrêter brusquement et il me sembla que mon ivresse était tout à fait dissipée, car je me rendis fort vite compte de la situation. Maître Jean n'avait pas dormi, ou bien il s'était malheureusement réveillé à temps pour contrarier l'instinct de sa monture. Il l'avait engagée dans un faux chemin. Le docile Bibi avait obéi sans résistance ; mais voilà qu'il sentait le terrain manquer devant lui et qu'il se rejetait en arrière pour ne pas se précipiter avec nous dans l'abîme.

Je fus vite sur mes pieds, et je vis au-dessus de nous, à droite, la roche Sanadoire toute bleue au reflet de la lune, avec son jeu d'orgues contourné et sa couronne dentelée. Sa sœur jumelle, la roche Tuilière, était à gauche, de l'autre côté du ravin, l'abîme entre deux ; et nous, au lieu de suivre le chemin d'en haut, nous avions pris le sentier à mi-côte.

— Descendez, descendez ! criai-je au professeur de musique. Vous ne pouvez point passer là ! c'est un sentier pour les chèvres.

— Allons donc, poltron, répondit-il d'une voix forte, Bibi n'est-il point une chèvre ?

— Non, non, maître, c'est un cheval ; ne rêvez pas ! Il ne peut pas et il ne veut pas !

Et, d'un violent effort, je retirai Bibi du danger, mais non sans l'abattre un peu sur ses jarrets, ce qui força le maître à descendre plus vite qu'il n'eût voulu.

Ceci le mit dans une grande colère, bien qu'il n'eût aucun mal, et, sans tenir compte de l'endroit dangereux où nous nous trouvions, il chercha sa cravache pour m'administrer une de ces corrections qui n'étaient pas toujours anodines. J'avais tout mon sang-froid. Je ramassai la cravache avant lui, et, sans respect pour la pomme d'argent, je la jetai dans le ravin.

Heureusement pour moi, maître Jean ne s'en aperçut pas. Ses idées se succédèrent trop rapidement.

— Ah ! Bibi ne veut pas ! disait-il, et Bibi ne peut pas ! Bibi n'est pas une chèvre ! Eh bien, moi, je suis une gazelle !

Et, en parlant ainsi, il se prit à courir devant lui, se dirigeant vers le précipice.

Malgré l'aversion qu'il m'inspirait dans ses accès de colère, je fus épouvanté et m'élançai sur ses traces. Mais, au bout d'un instant, je me tranquillisai. Il n'y avait point là de gazelle. Rien ne ressemblait moins à ce gracieux quadrupède que le professeur à ailes de pigeon dont la queue, ficelée d'un ruban noir, sautait d'une épaule à l'autre avec une rapidité convulsive lorsqu'il était ému. Son habit gris à longues basques, ses culottes de nankin et ses bottes molles le faisaient plutôt ressembler à un oiseau de nuit.

Je le vis bientôt s'agiter au-dessus de moi; il avait quitté le sentier à pic, il lui restait assez de raison pour ne pas songer à descendre ; il remontait en gesticulant vers la roche Sanadoire, et, bien que le talus fût rapide, il n'était pas dangereux.

Je pris Bibi par la bride et l'aidai à virer de bord, ce qui n'était pas facile. Puis je remontai avec lui le sentier pour regagner la route ; je comptais y retrouver maître Jean, qui avait pris cette direction.

Je ne l'y trouvai pas, et, laissant le fidèle Bibi sur sa bonne foi, je redescendis à pied, en droite ligne, jusqu'à la roche Sanadoire. La lune éclairait vivement. J'y voyais comme en plein jour. Je ne fus donc pas longtemps sans découvrir maître Jean assis sur un débris, les jambes pendantes et reprenant haleine.

— Ah ! ah ! c'est toi, petit malheureux ! me dit-il. Qu'as-tu fait de mon pauvre cheval ?

— Il est là, maître, il vous attend, répondis-je.

— Quoi ! tu l'as sauvé ! Fort bien, mon garçon ! Mais comment as-tu fait pour te sauver toi-même ? Quelle effroyable chute, hein ?

— Mais, monsieur le professeur, nous n'avons pas fait de chute !

— Pas de chute ? L'idiot ne s'en est pas aperçu ! Ce que c'est que le vin ! le vin !... Ô vin ! vin de Chanturgue, vin de Chanteorgue... beau petit vin musical ! J'en boirais bien encore un verre ! Apporte, petit ! Viens çà, doux sacristain ! Frère, à ta santé ! À la santé des titans ! À la santé du diable !

J'étais un bon croyant. Les paroles du maître me firent frémir.

— Ne dites pas cela, maître, m'écriai-je. Revenez à vous, voyez où vous êtes !

— Où je suis ? reprit-il en promenant autour de lui ses yeux agrandis, d'où jaillissaient les éclairs du délire ; où je suis ? où dis-tu que je suis ? Au fond du torrent ? Je ne vois pas le moindre poisson !

— Vous êtes au pied de cette grande roche Sanadoire qui surplombe de tous les côtés. Il pleut des pierres ici, voyez, la terre en est couverte. N'y restons pas, maître. C'est un vilain endroit.

— Roche Sanadoire ! reprit le maître en cherchant à soulever sur son front son chapeau qu'il avait sous le bras. Roche *Sonatoire*, oui, c'est là ton vrai nom, je te salue entre toutes les roches ! Tu es le plus beau jeu d'orgues de la création. Tes tuyaux contournés doivent rendre des sons étranges, et la main d'un titan peut seule te faire chanter ! Mais ne suis-je pas un titan, moi ? Oui, j'en suis un, et, si un autre géant me dispute le droit de faire ici de la musique, qu'il se montre !... Ah ! ah ! oui-da ! Ma cravache, petit ? où est ma cravache ?

— Quoi donc, maître ? lui répondis-je épouvanté, qu'en voulez-vous faire ? est-ce que vous voyez ?...

— Oui, je vois, je le vois, le brigand ! le monstre ! ne le vois-tu pas aussi ?

— Non, où donc ?

— Eh parbleu ! là-haut, assis sur la dernière pointe de la fameuse roche *Sonatoire*, comme tu dis !

Je ne disais rien et ne voyais rien qu'une grosse pierre jaunâtre rongée par une mousse desséchée. Mais l'hallucination est contagieuse et celle du professeur me gagna d'autant mieux que j'avais peur de voir ce qu'il voyait.

— Oui, oui, lui dis-je, au bout d'un instant d'angoisse inexprimable, je le vois, il ne bouge pas, il dort ! Allons-nous-en ! Attendez ! Non, non, ne bougeons pas et taisons-nous, je le vois à présent qui remue !

— Mais je veux qu'il me voie ! Je veux surtout qu'il m'entende ! s'écria le professeur en se levant avec enthousiasme. Il a beau être là, perché sur son orgue, je prétends lui enseigner la musique, à ce barbare ! – Oui, attends, brute ! Je vais te régaler d'un *Introït* de ma façon. – À moi, petit ! où es-tu ? Vite au soufflet ! Dépêche !

— Le soufflet ? Quel soufflet ? Je ne vois pas...

— Tu ne vois rien ! là, là, te dis-je !

Et il me montrait une grosse tige d'arbrisseau qui sortait de la roche un peu au-dessous des tuyaux, c'est-à-dire des prismes du basalte. On sait que ces colonnettes de pierre sont souvent fendues et comme craquelées de distance en distance, et qu'elles se détachent avec une grande facilité si elles reposent sur une base friable qui vienne à leur manquer.

Les flancs de la roche Sanadoire étaient revêtus de gazon et de plantes qu'il n'était pas prudent d'ébranler. Mais ce danger réel ne me préoccupait nullement, j'étais tout entier au péril imaginaire d'éveiller et d'irriter le titan. Je refusai net d'obéir. Le maître s'emporta, et, me prenant au collet avec une force vraiment surhumaine, il me plaça devant une pierre naturellement taillée en tablette qu'il lui plaisait d'appeler le clavier de l'orgue.

— Joue mon *Introït*, me cria-t-il aux oreilles, joue-le, tu le sais. Moi, je vais souffler, puisque tu n'en as pas le courage !

Et il s'élança, gravit la base herbue de la roche et se hissa jusqu'à l'arbrisseau qu'il se mit à balancer de haut en bas comme si c'eût été le manche d'un soufflet, en me criant :

— Allons, commence, et ne nous trompons pas ! *Allegro*, mille tonnerres ! *allegro risoluto !* – Et toi, orgue, chante ! chante, *orgue* ! chante *urgue* !...

Jusque-là, pensant, par moments, qu'il avait le vin gai et se moquait de moi, j'avais eu quelque espoir de l'emmener. Mais, le voyant souffler son orgue imaginaire avec une ardente conviction, je perdis tout à fait l'esprit, j'entrai dans son rêve que le vin de Chanturgue largement fêté rendait peut-être essentiellement musical. La peur fit place à je ne sais quelle imprudente curiosité comme on l'a dans les songes, j'étendis mes mains sur le prétendu clavier et je remuai les doigts.

Mais alors quelque chose de vraiment extraordinaire se passa en moi. Je vis mes mains grossir, grandir et prendre des proportions colossales. Cette transformation rapide ne se fit pas sans me causer une souffrance telle que je ne l'oublierai de ma vie. Et, à mesure que mes mains devenaient celles d'un titan, le chant de l'orgue que je croyais entendre acquérait une puissance effroyable. Maître Jean croyait l'entendre aussi, car il me criait :

— Ce n'est pas l'*Introït* ! Qu'est-ce que c'est ? Je ne sais pas ce que c'est, mais ce doit être de moi, c'est sublime !

— Ce n'est pas de vous, lui répondis-je, car nos voix devenues titanesques couvraient les tonnerres de l'instrument fantastique ; non, ce n'est pas de vous, c'est de moi.

Et je continuais à développer le motif étrange, sublime ou stupide, qui surgissait dans mon cerveau. Maître Jean soufflait toujours avec fureur et je jouais toujours avec transport ; l'orgue rugissait, le titan ne bougeait pas ; j'étais ivre d'orgueil et de joie, je me croyais à l'orgue de la cathédrale de Clermont, charmant une foule enthousiaste, lorsqu'un bruit sec et strident comme celui d'une vitre brisée m'arrêta net. Un fracas épouvantable et qui n'avait plus rien de musical, se produisit au-dessus de moi, il me sembla que la roche Sanadoire oscillait sur sa base. Le clavier reculait et le sol se dérobait sous mes pieds. Je tombai à la renverse et je roulai au milieu d'une pluie de pierres. Les basaltes s'écroulaient, maître Jean, lancé avec l'arbuste qu'il avait déraciné, disparaissait sous les débris : nous étions foudroyés.

Ne me demandez pas ce que je pensai et ce que je fis pendant les deux ou trois heures qui suivirent : j'étais fort blessé à la tête et mon sang m'aveuglait. Il me semblait avoir les jambes écrasées et les reins brisés. Pourtant, je n'avais rien de grave, puisque, après m'être traîné sur les mains et les genoux, je me trouvai insensiblement debout et marchant devant moi. Je n'avais qu'une idée dont j'aie gardé souvenir, chercher maître Jean ; mais je ne pouvais l'appeler, et, s'il m'eût répondu, je n'eusse pu l'entendre. J'étais sourd et muet dans ce moment-là.

Ce fut lui qui me retrouva et m'emmena. Je ne recouvrai mes esprits qu'auprès de ce petit lac Servières où nous nous étions arrêtés trois jours auparavant. J'étais étendu sur le sable du rivage. Maître Jean lavait mes blessures et les siennes, car il était fort maltraité aussi. Bibi broutait aussi philosophiquement que de coutume, sans s'éloigner de nous.

Le froid avait dissipé les dernières influences du fatal vin de Chanturgue.

— Eh bien, mon pauvre petit, me dit le professeur en étanchant mon front avec son mouchoir trempé dans l'eau glacée du lac, commences-tu à te ravoir ? peux-tu parler à présent ?

— Je me sens bien, répondis-je. Et vous, maître, vous n'étiez donc pas mort ?

— Apparemment ; j'ai du mal aussi, mais ce ne sera rien. Nous l'avons échappé belle !

En essayant de rassembler mes souvenirs confus, je me mis à chanter.

— Que diable chantes-tu là ? dit maître Jean surpris. Tu as une singulière manière d'être malade, toi ! Tout à l'heure, tu ne pouvais ni parler ni entendre, et à présent monsieur siffle comme un merle ! Qu'est-ce que c'est que cette musique-là ?

— Je ne sais pas, maître.

— Si fait ; c'est une chose que tu sais, puisque tu la chantais quand la roche s'est ruée sur nous.

— Je chantais dans ce moment-là ? Mais non, je jouais l'orgue, le grand orgue du titan !

— Allons, bon ! te voilà fou, à présent ? As-tu pu prendre au sérieux la plaisanterie que je t'ai faite ?

La mémoire me revenait très nette.

— C'est vous qui ne vous souvenez pas, lui dis-je ; vous ne plaisantiez pas du tout. Vousouffliez l'orgue comme un beau diable !

Maître Jean avait été si réellement ivre, qu'il ne se rappelait et ne se rappela jamais rien de l'aventure. Il n'avait été dégrisé que par l'écroulement d'un pan de la roche Sanadoire, le danger que nous avions couru et les blessures que nous avions reçues. Il n'avait conscience que du motif, inconnu à lui, que j'avais chanté et de la manière étonnante dont ce motif avait été redit cinq fois par les échos merveilleux mais bien connus de la roche Sanadoire. Il voulut se persuader que c'était la vibration de ma voix qui avait provoqué l'écroulement ; à quoi je lui répondis que c'était la rage obstinée avec laquelle il avait secoué et déraciné l'arbuste qu'il avait pris pour un manche de soufflet. Il soutint que j'avais rêvé, mais il ne put jamais expliquer comment, au lieu de chevaucher tranquillement sur la route, nous étions descendus à mi-côte du ravin pour nous amuser à *folâtrer* autour de la roche Sanadoire.

Quand nous eûmes bandé nos plaies et bu assez d'eau pour bien enterrer le vin de Chanturgue, nous reprîmes notre route ; mais nous étions si las et si affaiblis, que nous dûmes nous arrêter à la petite auberge au bout du désert. Le lendemain, nous étions si courbatus, qu'il nous fallut garder le lit. Le soir, nous vîmes arriver le bon curé de Chanturgue fort effrayé ; on avait trouvé le chapeau de maître Jean et des traces de sang sur les débris fraîchement tombés de la roche Sanadoire. À ma grande satisfaction, le torrent avait emporté la cravache.

Le digne homme nous soigna fort bien. Il voulait nous ramener chez lui, mais l'organiste ne pouvait manquer à la grand-messe du dimanche et nous revînmes à Clermont le jour suivant.

Il avait la tête encore affaiblie ou troublée quand il se retrouva devant un orgue plus inoffensif que celui de la Sanadoire. La mémoire lui manqua deux ou trois fois et il dut improviser, ce qu'il faisait de son propre aveu très médiocrement, bien qu'il se piquât de composer des chefs-d'œuvre à tête reposée.

À l'élévation, il se sentit pris de faiblesse et me fit signe de m'asseoir à sa place. Je n'avais jamais joué que devant lui et je n'avais aucune idée de ce que je pourrais devenir en musique. Maître Jean n'avait jamais terminé une leçon sans décréter que j'étais un âne. Un moment je fus presque aussi ému que je l'avais été devant l'orgue du titan. Mais l'enfance a ses accès de confiance spontanée ; je pris courage, je jouai le motif qui avait frappé le maître au moment de la catastrophe et qui, depuis ce moment-là, n'était pas sorti de ma tête.

Ce fut un succès qui décida de toute ma vie, vous allez voir comment.

Après la messe, M. le grand vicaire, qui était un mélomane très érudit en musique sacrée, fit mander maître Jean dans la salle du chapitre.

— Vous avez du talent, lui dit-il, mais il ne faut point manquer de discernement. Je vous ai déjà blâmé d'improviser ou de composer des motifs qui ont du mérite, mais que vous placez hors de saison, tendres ou sautillants quand ils doivent être sévères, menaçants et comme irrités quand ils doivent être humbles et suppliants. Ainsi, aujourd'hui, à l'élévation, vous nous avez fait entendre un véritable chant de guerre. C'était fort beau, je dois l'avouer, mais c'était un sabbat et non un *Adoremus*.

J'étais derrière maître Jean pendant que le grand vicaire lui parlait, et le cœur me battait bien fort. L'organiste s'excusa naturellement en disant qu'il s'était trouvé indisposé, et qu'un enfant de chœur, son élève, avait tenu l'orgue à l'élévation.

— Est-ce vous, mon petit ami? dit le vicaire en voyant ma figure émue.

— C'est lui, répondit maître Jean, c'est ce petit âne!

— Ce petit âne a fort bien joué, reprit le grand vicaire en riant. Mais pourriez-vous me dire, mon enfant, quel est ce motif qui m'a frappé? J'ai bien vu que c'était quelque chose de remarquable, mais je ne saurais dire où cela existe.

— Cela n'existe que dans ma tête, répondis-je avec assurance. Cela m'est venu dans la montagne.

— T'en est-il venu d'autres?

— Non, c'est la première fois que quelque chose m'est venu.

— Pourtant…

— Ne faites pas attention, reprit l'organiste, il ne sait ce qu'il dit, c'est une réminiscence!

— C'est possible, mais de qui?

— De moi probablement; on jette tant d'idées au hasard quand on compose! le premier venu ramasse les bribes!

— Vous auriez dû ne pas laisser perdre cette bribe-là, reprit le grand vicaire avec malice; elle vaut une grosse pièce.

Il se retourna vers moi en ajoutant:

— Viens chez moi demain après ma messe basse, je veux t'examiner.

Je fus exact. Il avait eu le temps de faire ses recherches. Nulle part il n'avait trouvé mon motif. Il avait chez lui un beau piano et me fit improviser. D'abord je fus troublé et il ne me vint que du gâchis; puis, peu à peu, mes idées s'éclaircirent et le prélat fut si content de moi, qu'il manda maître Jean et me recommanda à lui comme son protégé tout spécial. C'était lui dire que mes leçons lui seraient bien payées. Le professeur me retira donc de la cuisine et de l'écurie, me traita avec plus de douceur et, en peu d'années, m'enseigna tout ce qu'il savait. Mon protecteur vit bien alors que je pouvais aller plus loin et que le petit âne était plus laborieux et mieux doué que son maître. Il m'envoya à Paris, où je fus, très jeune encore, en état de donner des leçons et de jouer dans les concerts. Mais ce n'est pas l'histoire de ma vie entière que je vous ai promise; ce serait trop long, et vous savez maintenant ce que vous vouliez savoir, comment une grande frayeur, à la suite d'un accès d'ivresse, développa en moi une faculté refoulée par la rudesse et le dédain du maître qui eût dû la développer. Je n'en bénis pas moins son souvenir. Sans sa vanité et son ivrognerie, qui exposèrent ma raison et ma vie à la roche Sanadoire, ce qui couvait en moi n'en fût peut-être jamais sorti. Cette folle aventure qui m'a fait éclore, m'a pourtant laissé une susceptibilité nerveuse qui est une souffrance. Parfois, en improvisant, j'imagine entendre l'écroulement du roc sur ma tête et sentir mes mains grossir comme celles du Moïse de Michel-Ange. Cela ne dure qu'un instant, mais cela ne s'est point guéri entièrement, et vous voyez que l'âge ne m'en a pas débarrassé.

— Mais, dit le docteur au maestro quand il eut terminé son récit, à quoi attribuez-vous cette dilatation fictive de vos mains, cette souffrance qui vous saisit à la roche Sanadoire avant son trop réel écroulement ?

— Je ne peux l'attribuer, répondit le maestro, qu'à des orties ou à des ronces qui poussaient sur le prétendu clavier. Vous voyez, mes amis, que tout est symbolique dans mon histoire. La révélation de mon avenir fut complète : des illusions, du bruit… et des épines !

1873

Villiers de L'Isle-adam

Véra

À Madame la Comtesse d'Osmoy

La forme du corps lui
est plus essentielle que sa substance.

La Physiologie moderne

L'Amour est plus fort que la Mort, a dit Salomon : oui, son mystérieux pouvoir est illimité.

C'était à la tombée d'un soir d'automne, en ces dernières années, à Paris. Vers le sombre faubourg Saint-Germain, des voitures, allumées déjà, roulaient, attardées, après l'heure du Bois. L'une d'elles s'arrêta devant le portail d'un vaste hôtel seigneurial, entouré de jardins séculaires ; le cintre était surmonté de l'écusson de pierre, aux armes de l'antique famille des comtes d'Athol, savoir : *d'azur, à l'étoile abîmée d'argent*, avec la devise « PALLIDA VICTRIX », sous la couronne retroussée d'hermine au bonnet princier. Les lourds battants s'écartèrent. Un homme de trente-cinq ans, en deuil, au visage mortellement pâle, descendit. Sur le perron, de taciturnes serviteurs élevaient des flambeaux. Sans les voir, il gravit les marches et entra. C'était le comte d'Athol.

Chancelant, il monta les blancs escaliers qui conduisaient à cette chambre, où, le matin même, il avait couché dans un cercueil de velours et enveloppé de violettes, en des flots de batiste, sa dame de volupté, sa pâlissante épousée, Véra, son désespoir.

En haut, la douce porte tourna sur le tapis ; il souleva la tenture.

Tous les objets étaient à la place où la comtesse les avait laissés la veille. La Mort, subite, avait foudroyé. La nuit dernière, sa bien-aimée s'était évanouie en des joies si profondes, s'était perdue en de si exquises étreintes, que son cœur, brisé de délices, avait défailli; ses lèvres s'étaient brusquement mouillées d'une pourpre mortelle. À peine avait-elle eu le temps de donner à son époux un baiser d'adieu, en souriant, sans une parole: puis ses longs cils, comme des voiles de deuil, s'étaient abaissés sur la belle nuit de ses yeux.

La journée sans nom était passée.

Vers midi, le comte d'Athol, après l'affreuse cérémonie du caveau familial, avait congédié au cimetière la noire escorte. Puis, se renfermant, seul, avec l'ensevelie, entre les quatre murs de marbre, il avait tiré sur lui la porte de fer du mausolée. – De l'encens brûlait sur un trépied, devant le cercueil: – une couronne lumineuse de lampes, au chevet de la jeune défunte, l'étoilait.

Lui, debout, songeur, avec l'unique sentiment d'une tendresse sans espérance, était demeuré là, tout le jour. Sur les six heures, au crépuscule, il était sorti du lieu sacré. En refermant le sépulcre, il avait arraché de la serrure la clef d'argent, et, se haussant sur la dernière marche du seuil, il l'avait jetée doucement dans l'intérieur du tombeau. Il l'avait lancée sur les dalles intérieures par le trèfle qui surmontait le portail. – Pourquoi ceci?... À coup sûr d'après quelque résolution mystérieuse de ne plus revenir.

Et maintenant il revoyait la chambre veuve.

La croisée, sous les vastes draperies de cachemire mauve broché d'or, était ouverte: un dernier rayon du soir illuminait, dans un cadre de bois ancien, le grand portrait de la trépassée. Le comte regarda, autour de lui, la robe jetée, la veille, sur un fauteuil; sur la cheminée, les bijoux, le collier de perles, l'éventail à demi fermé, les lourds flacons de parfums qu'*Elle* ne respirerait plus. Sur le lit d'ébène aux colonnes tordues, resté défait, auprès de l'oreiller où la place de la tête adorée et divine était visible encore au milieu des dentelles, il aperçut le mouchoir rougi de gouttes de sang où sa jeune âme avait battu de l'aile un instant; le piano ouvert, supportant une mélodie inachevée à jamais; les fleurs indiennes cueillies par elle, dans la serre, et qui se mouraient dans de vieux vases de Saxe; et, au pied du lit, sur une fourrure noire, les petites mules de velours oriental, sur lesquelles une devise rieuse de Véra brillait, brodée en perles:

Qui verra Véra l'aimera. Les pieds nus de la bien-aimée y jouaient hier matin, baisés à chaque pas, par le duvet des cygnes ! – Et là, là, dans l'ombre, la pendule, dont il avait brisé le ressort pour qu'elle ne sonnât plus d'autres heures.

Ainsi elle était partie !... *Où* donc !... Vivre maintenant ? – Pour quoi faire ?... C'était impossible, absurde.

Et le comte s'abîmait en des pensées inconnues.

Il songeait à toute l'existence passée. – Six mois s'étaient écoulés depuis ce mariage. N'était-ce pas à l'étranger, au bal d'une ambassade, qu'il l'avait vue pour la première fois ?... Oui. Cet instant ressuscitait devant ses yeux, très distinct. Elle lui apparaissait là, radieuse. Ce soir-là, leurs regards s'étaient rencontrés. Ils s'étaient reconnus, intimement, de pareille nature, et devant s'aimer à jamais.

Les propos décevants, les sourires qui observent, les insinuations, toutes les difficultés que suscite le monde pour retarder l'inévitable félicité de ceux qui s'appartiennent, s'étaient évanouis devant la tranquille certitude qu'ils eurent, à l'instant même, l'un de l'autre.

Véra, lassée des fadeurs cérémonieuses de son entourage, était venue vers lui dès la première circonstance contrariante, simplifiant ainsi, d'auguste façon, les démarches banales où se perd le temps précieux de la vie.

Oh ! comme, aux premières paroles, les vaines appréciations des indifférents à leur égard leur semblèrent une volée d'oiseaux de nuit rentrant dans les ténèbres ! Quel sourire ils échangèrent ! Quel ineffable embrassement !

Cependant leur nature était des plus étranges, en vérité ! – C'étaient deux êtres doués de sens merveilleux, mais exclusivement terrestres. Les sensations se prolongeaient en eux avec une intensité inquiétante. Ils s'y oubliaient eux-mêmes à force de les éprouver. Par contre, certaines idées, celles de l'âme, par exemple, de l'Infini, *de Dieu même*, étaient comme voilées à leur entendement. La foi d'un grand nombre de vivants aux choses surnaturelles n'était pour eux qu'un sujet de vagues étonnements : lettre close dont ils ne se préoccupaient pas, n'ayant pas qualité pour condamner ou justifier. – Aussi, reconnaissant bien que le monde leur était étranger, ils s'étaient isolés, aussitôt leur union, dans ce vieux et sombre hôtel, où l'épaisseur des jardins amortissait les bruits du dehors.

Là, les deux amants s'ensevelirent dans l'océan de ces joies languides et perverses où l'esprit se mêle à la chair mystérieuse ! Ils épuisèrent la violence des désirs, les frémissements et les tendresses éperdues. Ils devinrent le battement de l'être l'un de l'autre. En eux, l'esprit pénétrait si bien le corps que leurs formes leur semblaient intellectuelles et que les baisers, mailles brûlantes, les enchaînaient dans une fusion idéale. Long éblouissement ! Tout à coup le charme se rompait ; l'accident terrible les désunissait ; leurs bras s'étaient désenlacés. Quelle ombre lui avait pris sa chère morte ? Morte ! non. Est-ce que l'âme des violoncelles est emportée dans le cri d'une corde qui se brise ?

Les heures passèrent.

Il regardait, par la croisée, la nuit qui s'avançait dans les cieux : et la Nuit lui apparaissait *personnelle* ; – elle lui semblait une reine marchant, avec mélancolie, dans l'exil, et l'agrafe de diamant de sa tunique de deuil, Vénus, seule, brillait, au-dessus des arbres, perdue au fond de l'azur.

« C'est Véra », pensa-t-il.

À ce nom, prononcé tout bas, il tressaillit en homme qui s'éveille ; puis, se dressant, regarda autour de lui.

Les objets, dans la chambre, étaient maintenant éclairés par une lueur jusqu'alors imprécise, celle d'une veilleuse, bleuissant les ténèbres, et que la nuit, montée au firmament, faisait apparaître ici comme une autre étoile. C'était la veilleuse, aux senteurs d'encens, d'une iconostase, reliquaire familial de Véra. Le triptyque, d'un vieux bois précieux, était suspendu, par sa sparterie russe, entre la glace et le tableau. Un reflet des ors de l'intérieur tombait, vacillant, sur le collier, parmi les joyaux de la cheminée.

Le plein-nimbe de la Madone en habits de ciel brillait, rosacé de la croix byzantine dont les fins et rouges linéaments, fondus dans le reflet, ombraient d'une teinte de sang l'orient ainsi allumé des perles. Depuis l'enfance, Véra plaignait, de ses grands yeux, le visage maternel et si pur de l'héréditaire madone, et, de sa nature, hélas ! ne pouvait lui consacrer qu'un *superstitieux* amour, le lui offrait parfois, naïve, pensivement, lorsqu'elle passait devant la veilleuse.

Le comte, à cette vue, touché de rappels douloureux jusqu'au plus secret de l'âme, se dressa, souffla vite la lueur sainte, et, à tâtons, dans l'ombre, étendant la main vers une torsade, sonna.

Un serviteur parut: c'était un vieillard vêtu de noir: il tenait une lampe, qu'il posa devant le portrait de la comtesse. Lorsqu'il se retourna, ce fut avec un frisson de superstitieuse terreur qu'il vit son maître debout et souriant comme si rien ne se fût passé.

— Raymond, dit tranquillement le comte, *ce soir, nous sommes accablés de fatigue, la comtesse et moi;* tu serviras le souper vers dix heures. – À propos, nous avons résolu de nous isoler davantage, ici, dès demain. Aucun de mes serviteurs, hors toi, ne doit passer la nuit dans l'hôtel. Tu leur remettras les gages de trois années, et qu'ils se retirent. – Puis, tu fermeras la barre du portail; tu allumeras les flambeaux en bas, dans la salle à manger; tu nous suffiras. – Nous ne recevrons personne à l'avenir.

Le vieillard tremblait et le regardait attentivement.

Le comte alluma un cigare et descendit aux jardins.

Le serviteur pensa d'abord que la douleur trop lourde, trop désespérée, avait égaré l'esprit de son maître. Il le connaissait depuis l'enfance; il comprit, à l'instant, que le heurt d'un réveil trop soudain pouvait être fatal à ce somnambule. Son devoir, d'abord, était le respect d'un tel secret.

Il baissa la tête. Une complicité dévouée à ce religieux rêve? Obéir...? Continuer de *les* servir sans tenir compte de la Mort? – Quelle étrange idée... Tiendrait-elle une nuit?... Demain, demain, hélas!... Ah! qui savait?... Peut-être!... – Projet sacré, après tout! – De quel droit réfléchissait-il?...

Il sortit de la chambre, exécuta les ordres à la lettre et, le soir même, l'insolite existence commença.

Il s'agissait de créer un mirage terrible.

La gêne des premiers jours s'effaça vite. Raymond, d'abord avec stupeur, puis par une sorte de déférence et de tendresse, s'était ingénié si bien à être naturel que trois semaines ne s'étaient pas écoulées qu'il se sentit, par moments, presque dupe lui-même de sa bonne volonté. L'arrière-pensée pâlissait! Parfois, éprouvant une sorte de vertige, il eut besoin de se dire que la comtesse était positivement défunte. Il se prenait à ce jeu funèbre et oubliait à chaque instant la réalité. Bientôt il lui fallut plus d'une réflexion pour se convaincre et se ressaisir. Il vit qu'il finirait par s'abandonner tout entier au magnétisme effrayant dont le comte pénétrait peu à peu l'atmosphère autour d'eux. Il avait peur, une peur indécise, douce.

D'Athol, en effet, vivait absolument dans l'inconscience de la mort de sa bien-aimée ! Il ne pouvait que la trouver toujours présente, tant la forme de la jeune femme était mêlée à la sienne. Tantôt, sur un banc du jardin, les jours de soleil, il lisait, à haute voix, les poésies qu'elle aimait ; tantôt, le soir, auprès du feu, les deux tasses de thé sur un guéridon, il causait avec l'*Illusion* souriante, assise, à ses yeux, sur l'autre fauteuil.

Les jours, les nuits, les semaines s'envolèrent. Ni l'un ni l'autre ne savait ce qu'ils accomplissaient. Et des phénomènes singuliers se passaient maintenant, où il devenait difficile de distinguer le point où l'imaginaire et le réel étaient identiques. Une présence flottait dans l'air : une forme s'efforçait de transparaître, de se tramer sur l'espace devenu indéfinissable.

D'Athol vivait double, en illuminé. Un visage doux et pâle, entrevu comme l'éclair, entre deux clins d'yeux, un faible accord frappé au piano, tout à coup ; un baiser qui lui fermait la bouche au moment où il allait parler, des affinités de pensées *féminines* qui s'éveillaient en lui en réponse à ce qu'il disait, un dédoublement de lui-même tel qu'il sentait, comme en un brouillard fluide, le parfum vertigineusement doux de sa bien-aimée auprès de lui, et, la nuit, entre la veille et le sommeil, des paroles entendues très bas : tout l'avertissait. C'était une négation de la Mort élevée, enfin, à une puissance inconnue !

Une fois, d'Athol la sentit et la vit si bien auprès de lui qu'il la prit dans ses bras : mais ce mouvement la dissipa.

— Enfant ! murmura-t-il en souriant.

Et il se rendormit comme un amant boudé par sa maîtresse rieuse et ensommeillée.

Le jour de *sa* fête, il plaça, par plaisanterie, une immortelle dans le bouquet qu'il jeta sur l'oreiller de Véra.

— Puisqu'elle se croit morte, dit-il.

Grâce à la profonde et toute-puissante volonté de M. d'Athol, qui, à force d'amour, forgeait la vie et la présence de sa femme dans l'hôtel solitaire, cette existence avait fini par devenir d'un charme sombre et persuadeur. – Raymond, lui-même, n'éprouvait plus aucune épouvante, s'étant graduellement habitué à ces impressions.

Une robe de velours noir aperçue au détour d'une allée; une voix rieuse qui l'appelait dans le salon; un coup de sonnette le matin, à son réveil, comme autrefois; tout cela lui était devenu familier: on eût dit que la morte jouait à l'invisible, comme une enfant. Elle se sentait aimée tellement! C'était bien *naturel*.

Une année s'était écoulée.

Le soir de l'Anniversaire, le comte, assis auprès du feu, dans la chambre de Véra, venait de *lui* lire un fabliau florentin: *Callimaque*. Il ferma le livre; puis en se versant du thé:

— *Douschka*, dit-il, te souviens-tu de la Vallée des Roses, des bords de la Lahn, du château des Quatre-Tours?... Cette histoire te les a rappelés, n'est-ce pas?

Il se leva, et, dans la glace bleuâtre, il se vit plus pâle qu'à l'ordinaire. Il prit un bracelet de perles dans une coupe et regarda les perles attentivement. Véra ne les avait-elle pas ôtées de son bras, tout à l'heure, avant de se dévêtir? Les perles étaient encore tièdes et leur orient plus adouci, comme par la chaleur de sa chair. Et l'opale de ce collier sibérien, qui aimait aussi le beau sein de Véra jusqu'à pâlir, maladivement, dans son treillis d'or, lorsque la jeune femme l'oubliait pendant quelque temps! Autrefois, la comtesse aimait pour cela cette pierrerie fidèle!... Ce soir l'opale brillait comme si elle venait d'être quittée et comme si le magnétisme exquis de la belle morte la pénétrait encore. En reposant le collier et la pierre précieuse, le comte toucha par hasard le mouchoir de batiste dont les gouttes de sang étaient humides et rouges comme des œillets sur de la neige!... Là, sur le piano, qui donc avait tourné la page finale de la mélodie d'autrefois? Quoi! la veilleuse sacrée s'était rallumée, dans le reliquaire! Oui, sa flamme dorée éclairait mystiquement le visage, aux yeux fermés, de la Madone! Et ces fleurs orientales, nouvellement cueillies, qui s'épanouissaient là, dans les vieux vases de Saxe, quelle main venait de les y placer? La chambre semblait joyeuse et douée de vie, d'une façon plus significative et plus intense que d'habitude. Mais rien ne pouvait surprendre le comte! Cela lui semblait tellement normal qu'il ne fit même pas attention que l'heure sonnait à cette pendule arrêtée depuis une année.

Ce soir-là, cependant, on eût dit que, du fond des ténèbres, la comtesse Véra s'efforçait adorablement de revenir dans cette chambre tout embaumée d'elle ! Elle y avait laissé tant de sa personne ! Tout ce qui avait constitué son existence l'y attirait. Son charme y flottait ; les longues violences faites par la volonté passionnée de son époux y devaient avoir desserré les vagues liens de l'Invisible autour d'elle !...

Elle y était *nécessitée*. Tout ce qu'elle aimait, c'était là.

Elle devait avoir envie de venir se sourire encore en cette glace mystérieuse où elle avait tant de fois admiré son lilial visage ! La douce morte, là-bas, avait tressailli, certes, dans ses violettes, sous les lampes éteintes ; la divine morte avait frémi, dans le caveau, toute seule, en regardant la clef d'argent jetée sur les dalles. Elle voulait s'en venir vers lui, aussi ! Et sa volonté se perdait dans l'idée de l'encens et de l'isolement. La Mort n'est une circonstance définitive que pour ceux qui espèrent des cieux ; mais la Mort, et les Cieux, et la Vie, pour elle, n'était-ce pas leur embrassement ? Et le baiser solitaire de son époux attirait ses lèvres, dans l'ombre. Et le son passé des mélodies, les paroles enivrées de jadis, les étoffes qui couvraient son corps et en gardaient le parfum, ces pierreries magiques qui la *voulaient*, dans leur obscure sympathie, – et surtout l'immense et absolue impression de sa présence, opinion partagée à la fin par les choses elles-mêmes, tout l'appelait là, l'attirait là depuis si longtemps, et si insensiblement, que, guérie enfin de la dormante Mort, il ne manquait plus qu'*Elle seule !*

Ah ! les Idées sont des êtres vivants !... Le comte avait creusé dans l'air la forme de son amour, et il fallait bien que ce vide fût comblé par le seul être qui lui était homogène, autrement l'Univers aurait croulé. L'impression passa, en ce moment, définitive, simple, absolue, qu'*Elle devait être là, dans la chambre* ! Il en était aussi tranquillement certain que de sa propre existence, et toutes les choses, autour de lui, étaient saturées de cette conviction. On l'y voyait ! Et, *comme il ne manquait plus que Véra elle-même*, tangible, extérieure, *il fallut bien qu'elle s'y trouvât* et que le grand Songe de la Vie et de la Mort entrouvrît un moment ses portes infinies ! Le chemin de résurrection était envoyé par la foi jusqu'à elle ! Un frais éclat de rire musical éclaira de sa joie le lit nuptial ; le comte se retourna. Et là, devant ses yeux, faite de volonté et de souvenir, accoudée, fluide, sur l'oreiller de dentelles, sa main soutenant ses lourds cheveux noirs, sa bouche délicieusement entrouverte en un sourire tout emparadisé de voluptés, belle à en mourir, enfin ! la comtesse Véra le regardait un peu endormie encore.

— Roger !... dit-elle d'une voix lointaine.

Il vint auprès d'elle. Leurs lèvres s'unirent dans une joie divine, – oublieuse, – immortelle !

Et ils s'aperçurent, *alors*, qu'ils n'étaient, réellement, qu'*un seul être*.

Les heures effleurèrent d'un vol étranger cette extase où se mêlaient, pour la première fois, la terre et le ciel.

Tout à coup, le comte d'Athol tressaillit, comme frappé d'une réminiscence fatale.

— Ah ! maintenant, je me rappelle !... dit-il. Qu'ai-je donc ? — Mais tu es morte !

À l'instant même, à cette parole, la mystique veilleuse de l'iconostase s'éteignit. Le pâle petit jour du matin, – d'un matin banal, grisâtre et pluvieux, – filtra dans la chambre par les interstices des rideaux. Les bougies blêmirent et s'éteignirent, laissant fumer âcrement leurs mèches rouges ; le feu disparut sous une couche de cendres tièdes ; les fleurs se fanèrent et se desséchèrent en quelques moments ; le balancier de la pendule reprit graduellement son immobilité. La *certitude* de tous les objets s'envola subitement. L'opale, morte, ne brillait plus ; les taches de sang s'étaient fanées aussi, sur la batiste, auprès d'elle ; et s'effaçant entre les bras désespérés qui voulaient en vain l'étreindre encore, l'ardente et blanche vision rentra dans l'air et s'y perdit. Un faible soupir d'adieu, distinct, lointain, parvint jusqu'à l'âme de Roger. Le comte se dressa ; il venait de s'apercevoir qu'il était seul. Son rêve venait de se dissoudre d'un seul coup ; il avait brisé le magnétique fil de sa trame radieuse avec une seule parole. L'atmosphère était, maintenant, celle des défunts.

Comme ces larmes de verre, agrégées illogiquement, et cependant si solides qu'un coup de maillet sur leur partie épaisse ne les briserait pas, mais qui tombent en une subite et impalpable poussière si l'on en casse l'extrémité plus fine que la pointe d'une aiguille, tout s'était évanoui.

— Oh ! murmura-t-il, c'est donc fini ! – Perdue !... Toute seule ! — Quelle est la route, maintenant, pour parvenir jusqu'à toi ? Indique-moi le chemin qui peut me conduire vers toi !...

Soudain, comme une réponse, un objet brillant tomba du lit nuptial sur la noire fourrure, avec un bruit métallique : un rayon de l'affreux jour terrestre l'éclaira !... L'abandonné se baissa, le saisit, et un sourire sublime illumina son visage en reconnaissant cet objet : c'était la clef du tombeau.

1874

Guy de MAUPASSANT

La Chevelure

Les murs de la cellule étaient nus, peints à la chaux. Une fenêtre étroite et grillée, percée très haut de façon qu'on ne pût pas y atteindre, éclairait cette petite pièce claire et sinistre ; et le fou, assis sur une chaise de paille, nous regardait d'un œil fixe, vague et hanté. Il était fort maigre, avec des joues creuses et des cheveux presque blancs qu'on devinait blanchis en quelques mois. Ses vêtements semblaient trop larges pour ses membres secs, pour sa poitrine rétrécie, pour son ventre creux. On sentait cet homme ravagé, rongé par sa pensée, par une Pensée, comme un fruit par un ver. Sa Folie, son idée était là, dans cette tête, obstinée, harcelante, dévorante. Elle mangeait le corps peu à peu. Elle, l'Invisible, l'Impalpable, l'Insaisissable, l'Immatérielle Idée minait la chair, buvait le sang, éteignait la vie.

Quel mystère que cet homme tué par un Songe ! Il faisait peine, peur et pitié, ce Possédé ! Quel rêve étrange, épouvantable, et mortel habitait dans ce front, qu'il plissait de rides profondes, sans cesse remuantes ?

Le médecin me dit : « Il a de terribles accès de fureur, c'est un des déments les plus singuliers que j'aie vus. Il est atteint de folie érotique et macabre. C'est une sorte de nécrophile. Il a d'ailleurs écrit son journal qui nous montre le plus clairement du monde la maladie de son esprit. Sa folie y est pour ainsi dire palpable. Si cela vous intéresse, vous pouvez parcourir ce document. » Je suivis le docteur dans son cabinet, et il me remit le journal de ce misérable homme. « Lisez, dit-il, et vous me direz votre avis. »

Voici ce que contenait ce cahier :

Jusqu'à l'âge de trente-deux ans, je vécus tranquille, sans amour. La vie m'apparaissait très simple, très bonne et très facile.

J'étais riche. J'avais du goût pour tant de choses que je ne pouvais éprouver de passion pour rien. C'est bon de vivre ! Je me réveillais heureux, chaque jour, pour faire des choses qui me plaisaient, et je me couchais satisfait, avec l'espérance paisible du lendemain et de l'avenir sans souci.

J'avais eu quelques maîtresses sans avoir jamais senti mon cœur affolé par le désir ou mon âme meurtrie d'amour après la possession. C'est bon de vivre ainsi. C'est meilleur d'aimer, mais terrible. Encore, ceux qui aiment comme tout le monde doivent-ils éprouver un ardent bonheur, moindre que le mien peut-être, car l'amour est venu me trouver d'une incroyable manière.

Étant riche, je recherchais les meubles anciens et les vieux objets ; et souvent je pensais aux mains inconnues qui avaient palpé ces choses, aux yeux qui les avaient admirées, aux cœurs qui les avaient aimées, car on aime les choses ! Je restais souvent pendant des heures, des heures et des heures, à regarder une petite montre du siècle dernier. Elle était si mignonne, si jolie, avec son émail et son or ciselé. Et elle marchait encore comme au jour où une femme l'avait achetée dans le ravissement de posséder ce fin bijou. Elle n'avait point cessé de palpiter, de vivre sa vie de mécanique, et elle continuait toujours son tic-tac régulier, depuis un siècle passé. Qui donc l'avait portée la première sur son sein dans la tiédeur des étoffes, le cœur de la montre battant contre le cœur de la femme ? Quelle main l'avait tenue au bout de ses doigts un peu chauds, l'avait tournée, retournée, puis avait essuyé les bergers de porcelaine ternis une seconde par la moiteur de la peau ? Quels yeux avaient épié sur ce cadran fleuri l'heure attendue, l'heure chérie, l'heure divine ?

Comme j'aurais voulu la connaître, la voir, la femme qui avait choisi cet objet exquis et rare ! Elle est morte ! Je suis possédé par le désir des femmes d'autrefois ; j'aime, de loin, toutes celles qui ont aimé ! – L'histoire des tendresses passées m'emplit le cœur de regrets. Oh ! la beauté, les sourires, les caresses jeunes, les espérances ! Tout cela ne devrait-il pas être éternel ?

Comme j'ai pleuré, pendant des nuits entières, sur les pauvres femmes de jadis, si belles, si tendres, si douces, dont les bras se sont ouverts pour le baiser et qui sont mortes ! Le baiser immortel, lui ! Il va de lèvre en lèvre, de siècle en siècle, d'âge en âge. Les hommes le recueillent, le donnent et meurent.

Le passé m'attire, le présent m'effraye parce que l'avenir c'est la mort. Je regrette tout ce qui s'est fait, je pleure tous ceux qui ont vécu ! Je voudrais arrêter le temps, arrêter l'heure. Mais elle va, elle passe, elle me prend de seconde en seconde un peu de moi pour le néant de demain. Et je ne revivrai jamais.

Adieu celles d'hier. Je vous aime.

Mais je ne suis pas à plaindre. Je l'ai trouvée, moi, celle que j'attendais ; et j'ai goûté par elle d'incroyables plaisirs.

Je rôdais dans Paris par un matin de soleil, l'âme en fête, le pied joyeux, regardant les boutiques avec cet intérêt vague du flâneur. Tout à coup, j'aperçus chez un marchand d'antiquités un meuble italien du XVIIe siècle. Il était fort beau, fort rare. Je l'attribuai à un artiste vénitien du nom de Vitelli, qui fut célèbre à cette époque.

Puis je passai.

Pourquoi le souvenir de ce meuble me poursuivit-il avec tant de force que je revins sur mes pas ? Je m'arrêtai de nouveau devant le magasin pour le revoir, et je sentis qu'il me tentait.

Quelle singulière chose que la tentation ! On regarde un objet et, peu à peu, il vous séduit, vous trouble, vous envahit comme ferait un visage de femme. Son charme entre en vous, charme étrange qui vient de sa forme, de sa couleur, de sa physionomie de chose ; et on l'aime déjà, on le désire, on le veut. Un besoin de possession vous gagne, besoin doux d'abord, comme timide, mais qui s'accroît, devient violent, irrésistible.

Et les marchands semblent deviner à la flamme du regard l'envie secrète et grandissante.

J'achetai ce meuble et je le fis porter chez moi tout de suite. Je le plaçai dans ma chambre.

Oh ! je plains ceux qui ne connaissent pas cette lune de miel du collectionneur avec le bibelot qu'il vient d'acheter. On le caresse de l'œil et de la main comme s'il était de chair, on revient à tout moment près de lui, on y pense toujours, où qu'on aille, quoi qu'on fasse. Son souvenir aimé vous suit dans la rue, dans le monde, partout ; et quand on rentre chez soi, avant même d'avoir ôté ses gants et son chapeau, on va le contempler avec une tendresse d'amant.

Vraiment, pendant huit jours, j'adorai ce meuble. J'ouvrais à chaque instant ses portes, ses tiroirs ; je le maniais avec ravissement, goûtant toutes les joies intimes de la possession.

Or, un soir, je m'aperçus, en tâtant l'épaisseur d'un panneau, qu'il devait y avoir là une cachette. Mon cœur se mit à battre, et je passai la nuit à chercher le secret sans le pouvoir découvrir. J'y parvins le lendemain en enfonçant une lame dans une fente de la boiserie. Une planche glissa et j'aperçus, étalée sur un fond de velours noir, une merveilleuse chevelure de femme !

Oui, une chevelure, une énorme natte de cheveux blonds, presque roux, qui avaient dû être coupés contre la peau, et liés par une corde d'or.

Je demeurai stupéfait, tremblant, troublé ! Un parfum presque insensible, si vieux qu'il semblait l'âme d'une odeur, s'envolait de ce tiroir mystérieux et de cette surprenante relique.

Je la pris doucement, presque religieusement, et je la tirai de sa cachette. Aussitôt elle se déroula, répandant son flot doré qui tomba jusqu'à terre, épais et léger, souple et brillant comme la queue en feu d'une comète.

Une émotion étrange me saisit. Qu'était-ce que cela ? Quand ? Comment ? Pourquoi ces cheveux avaient-ils été enfermés dans ce meuble ? Quelle aventure, quel drame cachait ce souvenir ?

Qui les avait coupés ? un amant, un jour d'adieu ? un mari, un jour de vengeance ? ou bien celle qui les avait portés sur son front, un jour de désespoir ?

Était-ce à l'heure d'entrer au cloître qu'on avait jeté là cette fortune d'amour, comme un gage laissé au monde des vivants ? Était-ce à l'heure de la clouer dans la tombe, la jeune et belle morte, que celui qui l'adorait avait gardé la parure de sa tête, la seule chose qu'il pût conserver d'elle, la seule partie vivante de sa chair qui ne dût point pourrir, la seule qu'il pouvait aimer encore et caresser, et baiser dans ses rages de douleur ?

N'était-ce point étrange que cette chevelure fût demeurée ainsi, alors qu'il ne restait plus une parcelle du corps dont elle était née ?

Elle me coulait sur les doigts, me chatouillait la peau d'une caresse singulière, d'une caresse de morte. Je me sentais attendri comme si j'allais pleurer.

Je la gardai longtemps, longtemps en mes mains, puis il me sembla qu'elle s'agitait, comme si quelque chose de l'âme fût resté caché dedans. Et je la remis sur le velours terni par le temps, et je repoussai le tiroir, et je refermai le meuble, et je m'en allai par les rues pour rêver.

J'allais devant moi, plein de tristesse, et aussi plein de trouble, de ce trouble qui vous reste au cœur après un baiser d'amour. Il me semblait que j'avais vécu autrefois déjà, que j'avais dû connaître cette femme.

Et les vers de Villon me montèrent aux lèvres, ainsi qu'y monte un sanglot :

Dictes-moy où, ne en quel pays
Est Flora, la belle Romaine,
Archipiada, ne Thaïs,
Qui fut sa cousine germaine ?
Écho parlant quand bruyt on maine
Dessus rivière, ou sus estan ;
Qui beauté eut plus que humaine ?
Mais où sont les neiges d'antan ?

. . . .

La royne blanche comme un lys
Qui chatoit à voix de sereine,
Berthe au grand pied, Bietris, Allys,
Harembourges qui tint le Mayne,
Et Jehanne la bonne Lorraine
Que Anglais bruslèrent à Rouen ?
Où sont-ils, Vierge souveraine ?
Mais où sont les neiges d'antan ?

Quand je rentrai chez moi, j'éprouvai un irrésistible désir de revoir mon étrange trouvaille ; et je la repris, et je sentis, en la touchant, un long frisson qui me courut dans les membres.

Durant quelques jours, cependant, je demeurai dans mon état ordinaire, bien que la pensée vive de cette chevelure ne me quittât plus.

Dès que je rentrais, il fallait que je la visse et que je la maniasse. Je tournais la clef de l'armoire avec ce frémissement qu'on a en ouvrant la porte de la bien-aimée, car j'avais aux mains et au cœur un besoin confus, singulier, continu, sensuel de tremper mes doigts dans ce ruisseau charmant de cheveux morts.

Puis, quand j'avais fini de la caresser, quand j'avais refermé le meuble, je la sentais là toujours, comme si elle eût été un être vivant, caché, prisonnier; je la sentais et je la désirais encore; j'avais de nouveau le besoin impérieux de la reprendre, de la palper, de m'énerver jusqu'au malaise par ce contact froid, glissant, irritant, affolant, délicieux.

Je vécus ainsi un mois ou deux, je ne sais plus. Elle m'obsédait, me hantait. J'étais heureux et torturé, comme dans une attente d'amour, comme après les aveux qui précèdent l'étreinte.

Je m'enfermais seul avec elle pour la sentir sur ma peau, pour enfoncer mes lèvres dedans, pour la baiser, la mordre. Je l'enroulais autour de mon visage, je la buvais, je noyais mes yeux dans son onde dorée, afin de voir le jour blond, à travers.

Je l'aimais ! Oui, je l'aimais. Je ne pouvais plus me passer d'elle, ni rester une heure sans la revoir.

Et j'attendais… j'attendais… quoi ? Je ne le savais pas. Elle.

Une nuit, je me réveillai brusquement avec la pensée que je ne me trouvais pas seul dans ma chambre.

J'étais seul pourtant. Mais je ne pus me rendormir ; et comme je m'agitais dans une fièvre d'insomnie, je me levai pour aller toucher la chevelure. Elle me parut plus douce que de coutume, plus animée. Les morts reviennent-ils ? Les baisers dont je la réchauffais me faisaient défaillir de bonheur ; et je l'emportai dans mon lit, et je me couchai, en la pressant sur mes lèvres, comme une maîtresse qu'on va posséder.

Les morts reviennent ! Elle est venue. Oui, je l'ai vue, je l'ai tenue, je l'ai eue, telle qu'elle était vivante autrefois, grande, blonde, grasse, les seins froids, la hanche en forme de lyre ; et j'ai parcouru de mes caresses cette ligne ondulante et divine qui va de la gorge aux pieds en suivant toutes les courbes de la chair.

Oui, je l'ai eue, tous les jours, toutes les nuits. Elle est revenue, la Morte, la belle Morte, l'Adorable, la Mystérieuse, l'Inconnue, toutes les nuits.

Mon bonheur fut si grand, que je ne l'ai pu cacher. J'éprouvais près d'elle un ravissement surhumain, la joie profonde, inexplicable de posséder l'Insaisissable, l'Invisible, la Morte ! Nul amant ne goûta des jouissances plus ardentes, plus terribles !

Je n'ai point su cacher mon bonheur. Je l'aimais si fort que je n'ai plus voulu la quitter. Je l'ai emportée avec moi toujours, partout. Je l'ai promenée par la ville comme ma femme, et conduite au théâtre en des loges grillées, comme ma maîtresse… Mais on l'a vue… on a deviné… on me l'a prise… Et on m'a jeté dans une prison, comme un malfaiteur. On l'a prise… Oh ! misère !…

Le manuscrit s'arrêtait là. Et soudain, comme je relevais sur le médecin des yeux effarés, un cri épouvantable, un hurlement de fureur impuissante et de désir exaspéré s'éleva dans l'asile.

— Écoutez-le, dit le docteur. Il faut doucher cinq fois par jour ce fou obscène. Il n'y a pas que le sergent Bertrand qui ait aimé les mortes.

Je balbutiai, ému d'étonnement, d'horreur et de pitié :

— Mais… cette chevelure… existe-t-elle réellement ?

Le médecin se leva, ouvrit une armoire pleine de fioles et d'instruments et il me jeta, à travers son cabinet, une longue fusée de cheveux blonds qui vola vers moi comme un oiseau d'or.

Je frémis en sentant sur mes mains son toucher caressant et léger. Et je restai le cœur battant de dégoût et d'envie, de dégoût comme au contact des objets traînés dans les crimes, d'envie comme devant la tentation d'une chose infâme et mystérieuse.

Le médecin reprit en haussant les épaules :

— L'esprit de l'homme est capable de tout.

1884

H. P. Lovecraft

Je suis d'ailleurs

Malheureux celui auquel les souvenirs d'enfance n'apportent que crainte et tristesse. Misérable celui dont la mémoire est peuplée d'heures passées dans de vastes pièces solitaires et lugubres aux tentures brunâtres et aux alignements obsédants de livres antiques, et de longues veilles angoissées dans des bois crépusculaires composés d'arbres absurdes et gigantesques, chargés de lianes, qui, en silence, poussent toujours plus haut leurs bras sinueux. Tel est le lot que les dieux m'ont accordé – à moi, l'étonné, le banni, le déçu, le brisé. Et pourtant je me sens étrangement satisfait et m'accroche farouchement à ces souvenirs flétris lorsque mon esprit, pour un moment, menace d'aller au-delà, chercher ce qui est *autre*.

Point ne sais où je suis né, mais le château était infiniment vieux et infiniment affreux, plein de passages obscurs et de hautes voûtes où l'œil, lorsqu'il se hasardait vers elles, ne décelait que nuit et toiles d'araignées. Les pierres dans les couloirs gauchis semblaient toujours atrocement humides, et il régnait partout une odeur maudite, odeur de charniers toujours renouvelés par les générations qui meurent. Il n'y faisait jamais jour ; il m'arrivait parfois d'allumer des chandelles et de chercher longtemps dans leur flamme fixe et immobile un soulagement ou un secours ; dehors non plus il n'y avait pas de soleil, car ces arbres haïssables s'élevaient bien au-dessus de la plus haute et de la plus inaccessible des tours. Il y avait pourtant une tour noire qui montait au-dessus des arbres dans le ciel inconnu de l'au-delà de la nuit, mais elle était à moitié en ruine et l'on ne pouvait y monter qu'au prix d'une escalade presque impossible le long de sa muraille lisse.

J'ai dû vivre des années dans cet endroit, mais je ne peux mesurer le temps. Des êtres ont dû veiller sur moi et prévoir mes besoins; pourtant je ne peux me souvenir d'aucune personne à l'exception de moi-même, de rien de vivant en dehors de mes compagnons silencieux, les rats, les chauves-souris et les araignées. Je pense que la personne, quelle qu'elle fût, qui veilla sur mes premières années devait être d'un âge incroyablement avancé, car ma première conception d'un être animé ressemble à une caricature de moi-même, déformée, réduite, et pourrissante comme le château même. Pour moi, il n'y avait rien d'horrible dans les os et les squelettes qui jonchaient certaines des cryptes de pierre, profondément enfouies sous les fondations. C'est incroyable, mais j'associais ces choses à la vie quotidienne, et les prenais pour plus naturelles que les images colorées d'êtres vivants que je rencontrais dans nombre de mes livres moisis. C'est dans ces ouvrages que j'ai appris tout ce que je sais. Je n'ai pas eu de précepteur pour me guider, pour me conduire, et je n'ai pas souvenir d'une voix humaine au cours de toutes ces années, pas même de la mienne – car si j'ai lu des livres qui parlaient du langage, je n'ai jamais essayé de parler à voix haute. Mon aspect physique, je n'y pensais jamais non plus, car il n'y avait pas de miroirs dans ce château, et je me considérais moi-même, automatiquement, semblable à ces êtres jeunes que je voyais dessinés et peints dans les livres. Et je me croyais jeune parce que j'avais peu de souvenirs.

Dehors, par-delà les douves putrides, sous les arbres sombres et muets, souvent je m'allongeais et restais à rêver pendant des heures à ce que j'avais lu dans les livres et, plein de nostalgie, m'imaginais mêlé à quelque foule joyeuse et gaie dans le monde ensoleillé qui débutait au-delà de l'interminable forêt. Une fois, j'essayai de fuir cette forêt, mais plus je m'éloignai du château, plus l'ombre moite s'alourdissait et plus l'air se chargeait d'une terreur enveloppante; affolé, je retournai sur mes pas, éperdu de panique à l'idée que je ne pourrais retrouver mon chemin dans ce labyrinthe de silence obscur.

Ainsi, tout au long d'interminables crépuscules je rêvais et j'attendais; j'attendais je ne sais quoi. Mais dans ma solitude noire, mon désir de clarté devint si fort et si poignant que je n'étais plus capable de me détendre, de me reposer, et que je tournais toujours mes regards et tendais toujours mes mains avides vers cette tour en ruine, sombre et solitaire, qui montait, au-dessus de la forêt, jusqu'au ciel inconnu de l'au-delà. Finalement, je me résolus à faire l'escalade de cette tour, dussé-je y périr ; car mieux valait voir le ciel, quitte à en mourir, que vivre sans jamais connaître le jour.

Dans le crépuscule moite, je montai donc les degrés de pierre usés par les siècles jusqu'au dernier, et ensuite, entamai la dangereuse ascension en m'aidant de saillies précaires aux jointures des pierres. Épouvantable, affreux et lisse, ce puits de pierre morte, un puits d'encre, fissuré, désert, sinistre avec ses chauves-souris étonnées dont j'éveillais les ailes silencieuses. Mais plus affreuse et plus angoissante encore la lenteur de ma progression ; car j'avais beau monter et monter, au-dessus de moi l'obscurité ne s'éclaircissait point ; une nouvelle terreur grandit en moi, celle que suscite la pourriture maudite et vénérable. Des frissons m'ébranlaient et je me demandais pourquoi je n'atteignais pas la lumière ; j'aurais baissé les yeux si je l'avais osé. J'imaginai un moment que la nuit devait être tombée d'un coup sur moi ; en vain, de la main, je tâtonnai pour essayer de rencontrer l'embrasure de la fenêtre par laquelle je pourrais me pencher et savoir à quelle hauteur j'étais déjà parvenu.

Mais tout à coup, après plusieurs éternités passées à me traîner, collé à la paroi de ce précipice concave et affolant, ma tête heurta quelque chose de dur, et je compris que je venais d'atteindre le toit ou tout au moins quelque palier. Toujours dans le noir, je levai une main et tâtai l'obstacle. Je m'aperçus qu'il était de pierre, et immuable. C'est alors que j'entrepris cette aventure odieuse, faire le tour du donjon, m'accrochant aux faibles prises que m'offrait la muraille grasse ; finalement ma main, à force de quêtes sentit en un endroit l'obstacle remuer. Je me hissai, poussant de la tête la dalle ou la porte, car je me retenais des deux mains dans cet effort délirant. Aucune lumière ne se coula par la fente, et mes mains une fois glissées de l'autre côté de la surface, je compris que mon ascension était, cette fois, terminée. Car cette dalle servait de trappe, permettant d'accéder à une aire de surface plus grande que celle de la tour, en bas ; c'était certainement le plancher d'une vaste chambre de guet. Je m'introduisis lentement par l'ouverture, et voulus essayer d'empêcher la lourde dalle de retomber en place, mais échouai. En me laissant tomber sur la pierre lisse, j'avais à l'oreille l'écho sonore de sa retombée; j'espérai que le moment venu, je pourrais de nouveau la forcer.

M'imaginant alors à une hauteur prodigieuse, bien au-dessus des plus hautes branches de la forêt maudite, je me redressai lourdement et fouillai la nuit de mes mains, à la recherche de fenêtres afin de pouvoir, pour la première fois, poser les yeux sur le ciel, la lune et les étoiles dont m'avaient parlé mes livres. Mais sur tous ces points je fus déçu: car tout ce que je rencontrai, ce furent d'interminables alignements de profondes étagères de marbre, chargées de longues et inquiétantes boîtes que je touchai en frissonnant. Et je réfléchissais, et je me demandais de plus en plus quels étaient donc ces innommables secrets qu'enfermait depuis des temps et des temps cette pièce retranchée du château. Par surprise, mes mains sentirent l'embrasure d'une porte fermée par un vantail de pierre sculpté de ciselures étranges. Je voulus l'ouvrir; elle était bien close. Dans un ultime sursaut de volonté, je m'acharnai et sentis finalement le battant venir à moi. Et c'est alors que me vint la plus pure extase que j'aie jamais connue; brillant calmement derrière une grille aux contours élaborés, au-dessus de quelques marches surplombant la porte que je venais d'ouvrir, je vis la lune, pleine, radieuse, telle que je ne l'avais jamais vue hors de mes rêves et de vagues visions que je n'osais baptiser du nom de souvenirs.

Croyant avoir atteint la cime dernière du château, je me précipitai en haut de ces marches, de l'autre côté de la porte. À ce moment précis, la lune fut voilée d'un nuage. Je trébuchai, et cherchai de nouveau, lentement, mon chemin dans la nuit. Il faisait encore très sombre lorsque je parvins à la grille – que je palpai avec soin; elle n'était pas fermée à clef, mais je ne l'ouvris pas, par crainte de tomber du haut de l'altitude inimaginable à laquelle je devais me trouver. La lune sortit.

Le plus démoniaque de tous les chocs vous vient de l'inattendu le plus insondable ou de l'impensable le plus fou. Rien que j'eusse jamais connu ne pouvait se comparer à la terreur qui m'emplit au brusque spectacle que j'eus devant les yeux, et au sentiment des mystères qu'il impliquait. Le spectacle en lui-même était aussi simple que paralysant, et ce n'était rien d'autre que ceci: au lieu d'un panorama vertigineux de sommets d'arbres s'étendant au pied d'une hauteur sublime, ce que j'avais devant moi, à mon niveau, de l'autre côté de la grille, ce n'était rien d'autre que le *sol*, la terre ferme, peuplée en cet endroit de dalles de marbre et de colonnes, à l'ombre d'une vieille église de pierre dont la flèche ruinée rutilait comme un spectre sous la pâle lumière de la lune.

À moitié conscient, j'ouvris la grille et titubai sur le sentier de gravier blanc qui partait dans deux directions. Mon esprit, noyé par le choc et le chaos, était toujours rongé du besoin de lumière ; le fantastique mystère lui-même qui venait de surgir ne réussit pas à lui faire oublier son objet, à infléchir la course de mon destin. Je ne savais pas, et ne m'en souciais pas, si j'étais aux prises avec la folie, le rêve ou la magie ; mais j'étais plus que jamais déterminé à contempler la clarté et la joie, quel que dût en être le prix. Je ne savais ni qui j'étais ou ce que j'étais, ni l'endroit où je pouvais me trouver ; mais je continuais à marcher en aveugle, devant moi, et en même temps se levait lentement dans mon esprit une sorte de souvenir latent aussi bien qu'horrible qui soustrayait au hasard le choix de ma route. Par une arche, je quittai ce domaine des dalles et des colonnes, et m'aventurai dans la campagne ouverte, suivant parfois la route visible mais parfois la quittant aussi, bizarrement, pour traverser des prés où des ruines sporadiques signifiaient la présence oubliée d'un chemin d'autrefois. À un certain moment, il m'en souvient, je traversai à la nage un fleuve rapide, à l'endroit où d'antiques piles de maçonnerie moussues et ruinées demeuraient les seuls vestiges d'un pont depuis longtemps disparu.

Deux heures au moins s'écoulèrent avant que j'eusse atteint ce qui devait être mon but, un château vénérable couvert de lierre, au sein d'un parc cerné d'un bois épais, atrocement familier et pourtant empreint pour moi d'une incompréhensible étrangeté. Les douves étaient pleines, et plusieurs des tours trop connues étaient démolies, tandis qu'on avait édifié de nouveaux bâtiments, de nouvelles ailes, pour confondre le spectateur. Mais ce que je vis avec le plus d'intérêt et de joie, ce furent les fenêtres ouvertes, merveilleusement scintillantes de lumières et d'où me parvenaient les sons d'une fête joyeuse. M'avançant vers une porte-fenêtre, je regardai à l'intérieur ; j'aperçus une compagnie aux atours curieux en train de s'amuser, de rire et de s'ébattre bruyamment. Sans doute n'avais-je jamais entendu le son de la voix humaine, car je ne compris que vaguement ce qui se disait. Certaines des têtes semblaient avoir des expressions qui réveillaient en moi des évocations et des souvenirs incroyablement anciens ; d'autres personnes m'étaient totalement étrangères.

Je pénétrai par cette porte dans la pièce brillamment illuminée, et, ce faisant, passai au même moment, de l'espoir le plus heureux aux convulsions du désespoir le plus noir, à la prise de conscience la plus poignante. Le cauchemar s'empara immédiatement de moi ; dès que j'entrai, j'assistai à l'une des manifestations les plus terrifiantes qu'il m'ait jamais été donné de voir. À peine avais-je passé le seuil que s'abattit sur toute l'assemblée une terreur brutale, que n'accompagna pas le moindre signe avant-coureur, mais d'une intensité impensable, déformant chaque tête, tirant de chaque gorge ou presque les hurlements les plus horribles. Tout le monde s'enfuit aussitôt, et dans les cris et la panique, plusieurs personnes tombées en convulsions furent emportées loin de là par leurs compagnons affolés. J'en vis même plusieurs se cacher les yeux de leurs mains et courir de la sorte, aveugles et inconscients, se cognant aux murs, aux meubles, avant de disparaître par l'une des nombreuses portes de la salle.

Ces cris me glacèrent ; et je restai un moment comme paralysé dans la clarté éblouissante de cet endroit, seul, incrédule, gardant à l'oreille l'écho lointain de l'envol des convives terrifiés, et je tremblais à la pensée de ce qui devait rôder à côté de moi, invisible. Au premier coup d'œil rapide que je jetai, la pièce me parut déserte, mais en m'approchant de l'une des alcôves, j'eus l'impression d'y deviner une sorte de présence, l'ombre d'un mouvement derrière le cadre doré d'une porte ouverte qui menait à une autre pièce assez semblable à celle dans laquelle je me trouvais. M'approchant de cette arche, je perçus plus nettement cette présence, et finalement, tandis que je poussais mon premier et dernier cri – une ululation spectrale qui me crispa presque autant que la chose horrible qui me la fit pousser – j'aperçus, en pied, effrayante, vivante, l'inconcevable, l'indescriptible, l'innommable monstruosité qui, par sa simple apparition, avait pu transformer une compagnie heureuse en une troupe craintive et terrorisée.

Je ne peux même pas donner l'ombre d'une idée de ce à quoi ressemblait cette chose, car elle était une combinaison horrible de tout ce qui est douteux, inquiétant, importun, anormal et détestable sur cette terre. C'était le reflet vampirique de la pourriture, des temps disparus et de la désolation ; le phantasme, putride et gras d'égouttures, d'une révélation pernicieuse dont la terre pitoyable aurait dû pour toujours masquer l'apparence nue. Dieu sait que cette chose n'était pas de ce monde – ou n'était plus de ce monde – et pourtant au sein de mon effroi, je pus reconnaître dans sa matière rongée, rognée, où transparaissaient des os, comme un grotesque et ricanant travesti de la forme humaine. Il y avait, dans cet appareil pourrissant et décomposé, une sorte de qualité innommable qui me glaça encore plus.

J'étais presque figé, mais non incapable d'effectuer un effort pour m'enfuir. Je titubai en arrière, sans pour autant parvenir à rompre le charme sous lequel me tenait ce monstre sans voix et sans nom. Mes yeux, ensorcelés par ces orbites vitreuses qui se vrillaient ignominieusement dans les miennes, mes yeux se refusaient à se fermer ; certes, et j'en remercie le ciel, la vision qu'ils me transmettaient était voilée, et, le moment du premier choc passé, je ne distinguais qu'indistinctement cet objet terrible. J'essayai de conjurer cette vision en portant ma main devant mon visage, mais mes nerfs étaient dans un tel état que mon bras ne répondit qu'imparfaitement à ma volonté. Cette tentative me fit à moitié perdre l'équilibre et je basculai en avant et trébuchai de plusieurs pas pour éviter de tomber. Je me rendis soudainement compte, dans un moment d'agonie, que la répugnante charogne était à *quelques centimètres* de moi ; il me semblait en entendre la sifflante et caverneuse respiration. Presque fou, j'eus encore la force de tendre le bras pour écarter la fétide apparition si proche de moi, quand, dans une seconde où les cauchemars du cosmos rejoignirent les accidents du présent, *mes doigts entrèrent en contact avec la patte pourrissante et ouverte du monstre sous cet encadrement d'or.*

Non, ce ne fut pas moi qui hurlai ; tous les vampires sataniques qui chevauchent les vents nocturnes hurlèrent pour moi, en même temps que, dans l'espace de cette même seconde, s'effondrait d'un seul coup sur mon esprit la cataracte, l'avalanche annihilante des souvenirs, et que se rouvrait, à m'en déchirer l'âme, ma mémoire. En cette seconde, je compris tout ce qui avait été ; je me souvins de ce qui avait précédé le château effrayant avec ses arbres, et je reconnus l'altier édifice dans lequel je me trouvais; et je reconnus, et rien ne fut plus terrible, l'abominable malédiction qui ricanait devant moi en même temps que je rompais le contact de mes doigts souillés avec les siens.

Mais le cosmos recèle aussi bien le baume que l'amertume, et ce baume est le népenthès. Dans l'horreur suprême de cette seconde, j'oubliai ce qui m'avait horrifié, et l'explosion de cette mémoire nocturne s'évanouit dans un chaos d'images, s'estompant en échos toujours plus lointains. Dans un rêve, dans un cauchemar, je m'enfuis en courant de cet endroit hanté et maudit, je courus, rapide autant que silencieux, vers la lumière de la lune. Je retrouvai le cimetière peuplé de marbre, descendis les degrés, mais la dalle de pierre était impossible à ouvrir. Et je ne le regrettai pas, car j'avais haï cet antique château et ses arbres impossibles. Maintenant, je chevauche les vents de la nuit, avec les vampires moqueurs et amicaux, et joue le jour parmi les catacombes de Nephren-Ka dans la vallée secrète et close de Hadoth, près du Nil. Je sais que la lumière ne m'est pas destinée, sauf celle de la lune sur les roches tombales de Neb, et qu'aucune gaieté ne me revient sinon les fêtes sans nom de Nitokris, sous la Grande Pyramide; et pourtant dans ma nouvelle condition, dans ma nouvelle liberté, j'accueille presque avec le sourire l'amertume d'être autre.

Car quoique le népenthès ait mis la main sur moi, je sais pour toujours que je suis d'ailleurs, un étranger en ce monde, un étranger parmi ceux qui sont encore des hommes. Et cela je le sais du moment où j'ai tendu la main vers cette abomination dressée dans le grand cadre doré, depuis que j'ai porté mes doigts vers elle et que j'ai touché *une surface froide et immuable de verre lisse.*

Titre original:
The Outsider, *1926*

Traduit de l'américain
par Yves RIVIÈRE.

Jean Ray

La Choucroute

Rien n'est plus proche de nous que l'inconnu,
bien qu'à notre idée il n'appartienne
qu'aux plus lointains rivages.

Attribué à C*ARLYLE*.
Encyclopédie de Brewster.

Comme Dickens disait « tout en Squeers », je dis « tout en Buire » quand je songe à l'étrange aventure qui fut mienne.

C'est par Buire qu'elle commence, par lui qu'elle s'est achevée.

Je le considère comme ami parce que je perds rarement une de nos vastes parties d'échecs, qu'il essaye toujours de m'être agréable par de menus et fréquents services, peut-être aussi parce qu'il y a entre nous, au premier abord, une certaine ressemblance physique, depuis qu'il porte un Borsalino à très larges bords et qu'il fume une pipe bull-dog de marque écossaise.

Nous avons d'ailleurs des goûts communs, par exemple pour la choucroute, le vin des Côtes-Rôties et le tabac de Hollande.

Buire est originaire du Cotentin, vieux pays de France qui fournit, paraît-il, à la joaillerie française le plus grand nombre de courtiers ; aussi est-il employé chez Wilfer et Broways, firme très honorablement connue.

Au dernier nouvel an, ses patrons lui ont donné une prime appréciable et un abonnement sur tout le réseau ferroviaire ; il empocha l'argent avec plaisir, mais l'abonnement lui ouvrit un ciel de félicités sans nombre.

— Savez-vous comment je passe ma journée de congé hebdomadaire ? me dit-il en rougissant de bonheur. Je vais à la gare, je prends place dans le premier train venu, sans me soucier de sa destination, et je descends selon mon caprice. De cette façon, je contente à peu de frais, et sans perte de temps, mon insatiable désir d'inconnu.

Je trouvai l'idée heureuse, tout en ne cachant pas que je l'enviais quelque peu. Enfant, il me prenait souvent une fantaisie nomade qui me faisait marcher toujours droit, tout droit devant moi, espérant vaguement atteindre des horizons inconnus et prestigieux.

— Un jour, je vous prêterai mon abonnement, promit-il, aucun contrôleur ne pourrait découvrir la petite supercherie, puisque nous nous ressemblons comme des frères.

Il tint sa promesse.

Tout au long de la journée, j'hésitai à me servir de la précieuse carte d'abonnement, puis, entre chien et loup, je me décidai brusquement : le temps était sombre et les gares étaient mal éclairées. Je choisis un obscur train de banlieue, un sale petit tortillard blotti au long d'une voie en cul-de-sac, et m'installai sur des coussins de serge bleue, sous le regard fuyant d'une lampe à gazoline.

Au moment où le train sifflait et où les freins débloqués hurlaient, un bonhomme chargé de paquets sauta sur le marchepied. Je lui tendis une main secourable et, une fois installé en face de moi, le dos à la direction du convoi, il m'exprima sa reconnaissance.

C'était un homme jovial et bavard, et j'ai retenu son discours :

— C'est la fête chez mes voisins, les Clifoire. Un nom bien drôle, n'est-il pas vrai ? C'est ainsi que dans mon pays on appelle les sarbacanes avec lesquelles s'amusent les enfants. Mais, clifoires ou sarbacanes, ce sont de bien braves gens qui fêtent aujourd'hui leurs noces d'argent, parfaitement. J'apporte des pâtisseries, des tartes meringuées, des religieuses, des carrés aux pistaches. Entre nous, je crains pour les meringues qui m'ont paru fragiles, mais tout fera farine au moulin, car nous sommes entre vieux amis. Il y aura un vol-au-vent aux crevettes, un gigot, un poulet aux olives…

Je souris et l'homme me devint sympathique, car il venait de citer trois plats dont je raffole.

— Pour moi, continua-t-il, je me serais contenté d'une ordinaire mais bonne choucroute, avec des saucisses, du lard, des tranches de porcs rissolées.

Je bâillai doucement, non d'ennui, car j'adore parler cuisine, mais d'une faim brusquement venue : je fais grand cas d'une choucroute bien conditionnée.

La suite de la conversation ne comporta guère un changement de sujet ; nous établîmes un parallèle entre les choucroutes d'Alsace et celles d'Allemagne. Puis entre celles servies en Ardenne, garnies de jambonneaux, et celles présentées en spécialité autrichienne, avec des saucisses à la chipolata.

Sur ces entrefaites, le train, qui avait déjà fait d'assez nombreuses haltes, ralentit de nouveau et je me levai.

— Je descends ici ; bien du plaisir, monsieur, et au revoir !

Je lui tendis la main.

Il la retint avec force, et je vis que son gros et cordial visage avait soudainement blêmi.

— Ce n'est pas possible ! balbutia-t-il, vous ne pouvez pas descendre… pas descendre… ici.

— Mais si… Adieu !

J'avais ouvert la portière et sauté sur le quai.

Il fit un geste inutile et, à ce qui me semblait, désespéré, pour me retenir.

— Vous ne pouvez pas descendre… ici ! hurla-t-il.

Le train se remettait en marche ; je vis le visage de mon compagnon de route se coller, tordu d'angoisse, contre la vitre de la portière. Le train prit de l'allure et ne fut plus qu'une ombre fuyante piquée d'un œil flamboyant de cyclope.

J'étais seul sur le quai d'une gare affreusement quelconque, aux lumières avares. Une sonnette, cachée dans une niche de bois, grelottait. Je jetai un regard distrait dans des locaux absolument vides et, sans avoir vu un percepteur de tickets ni un quelconque agent de contrôle, je débouchai sur une esplanade morne et complètement déserte.

Or, à cette heure, une unique chose me préoccupait : celle de m'installer sur une banquette de restaurant et de commander une choucroute ; mon ami d'une heure et ses gourmands propos avaient fait naître en moi un féroce appétit dont je m'étonnais moi-même.

Une rue s'allongeait devant moi, longue, interminable, tout en ombres et chichement étoilée de réverbères à flammes bleues.

Il faisait froid, il bruinait ; la nue semblait peser à même les pignons et les toits. Je ne vis aucun passant et, nulle part, la clarté accueillante d'une vitrine marchande, ni même, tout au long de cette énorme artère, bordée de hautes et noires maisons, une fenêtre éclairée trouant de rose la nuit d'alentour.

— Je me demande où je suis, murmurai-je, regrettant déjà l'aventure selon Buire.

Et, tout à coup, je me trouvai face au havre de grâce : une baie cintrée ternie de buée, mais claire et laissant entrevoir des contours flous de tables, de glaces et d'un comptoir confortablement garni.

Il n'y avait personne à l'intérieur, mais la banquette était large et tendue de chaude peluche rouge, et sur le comptoir flambait un double arc-en-ciel de bouteilles.

— Holà ! Quelqu'un ?

Il me semblait que ma voix portait loin, fameusement loin, s'achevant dans de vastes profondeurs, en longues résonances.

— Monsieur désire ?

L'étrange bonhomme ! Je ne l'avais vu, ni entendu venir, et il s'était dressé devant ma table, comme surgi d'une trappe.

Il avait un curieux visage décati de clown, tout blanc, à la bouche mince et rentrante, aux yeux tapis derrière un rempart de bourrelets graisseux.

— Une bonne choucroute, s'il y a moyen d'en avoir une.

— Certainement, monsieur !

Je ne vis partir ni revenir le serveur, du moins je ne m'en souviens guère, mais la choucroute se trouva placée sur la table, énorme, splendide, dressée sur un gigantesque plat d'étain frotté, bardée de lards épais, étayée de saucisses dorées, flanquée de puissantes tranches de jambon et de rôti.

Tout à coup, avant que j'y eusse porté la fourchette, une haute flamme bleue s'en éleva.

— Nous servons toujours la choucroute flambée. Spécialité de la maison, dit une voix.

Je ne revis pas le serveur, mais je m'écriai, de bonne humeur :

— Qu'importe, elle ne pourra qu'en être meilleure !

Et j'ajoutai, mais mentalement :

« Une choucroute flambée, voilà une recette bien nouvelle que je me promets de passer à Buire ! »

Pourtant je n'en mangeai pas... Une chaleur terrible, formidable se dégageait du pâle brasier, et je dus reculer sur la banquette. J'appelai le garçon ; il ne vint pas.

Je quittai la table et, dépassant le comptoir, je poussai une porte qui devait s'ouvrir dans une arrière-salle.

Ici commença la suite des étonnements sans nombre de cette soirée.

L'arrière-salle était là, en effet, mais absolument vide et nue, comme une pièce d'une maison fraîchement bâtie ou consciencieusement vidée par les déménageurs.

J'allumai ma lampe de poche et décidai de pousser plus loin mon exploration. Eh bien ! je circulai, un temps relativement long, par une maison vide, déserte, inhabitée, sans trace de meubles ni même de présences anciennes.

Je garde de mon origine anglo-saxonne une certaine dose d'humour, cette joie intérieure à froid, qui s'extériorise mal, mais vous sert admirablement dans les circonstances les plus difficiles.

« Je n'en mangerai pas moins la choucroute, me dis-je, et avec bien des chances de ne pas la payer. »

Car, en dépit de ce mystère, du vide et du silence, ma fringale ne s'apaisait pas ; au contraire, je ne rêvais que saucisses, lardons, côtelettes... Je retournai dans la salle de restaurant.

Il y faisait une chaleur torride et je ne pus approcher de ma table. La flamme montait à présent à mi-plafond ; je voyais les saucisses, les magnifiques tranches de viande grasse, la colline ruisselante de la choucroute, la crème de la purée de pommes de terre à travers un léger voile azuré, mais ardent comme l'enfer même.

— Si je ne puis manger, je boirai ! décidai-je en saisissant une bouteille de liqueur grenat.

Elle était très lourde, solidement bouchée et capsulée.

D'un geste rageur, je cognai le goulot contre le marbre du comptoir. La bouteille éclata en morceaux : elle était de verre plein ! Il en était de même des autres : les jaunes, les transparentes, les vertes, les azurines.

Alors, la peur me poussa aux épaules, et je m'enfuis.

Je m'enfuis dans une cité horrible, noire, vide, silencieuse au-delà de toute comparaison.

Je tirai des sonnettes, d'antiques pieds-de-biche accrochés à des chaînes forgées, appuyai sur des boutons électriques. Aucun son ne répondit à mon appel.

J'avais égaré mon briquet et je n'avais pas d'allumettes ; je grimpai sur un des hauts réverbères à flammes bleues : elles répandaient une chaleur atroce, mais je ne pus y enflammer une cigarette. Je me battis avec des volets et des portes férocement obstinés. À la fin, une de ces dernières, plus fragile sans doute, céda.

Savez-vous ce qu'il y avait derrière?

Un mur énorme, noir, massif comme le roc.

Il en fut de même d'une autre, puis d'une autre encore: j'étais prisonnier d'une ville toute en façades, sans bruit et sans autre vie que celle des flammes bleues, épouvantablement ardentes et pourtant ne brûlant pas.

C'est alors que je retrouvai la longue rue de la gare et revis le restaurant.

Il n'était plus qu'un vaste brasier de feu lunaire: la flamme de la choucroute «flambée» le consumait à présent. Je traversai en courant une fournaise immobile, poursuivi au long de ma course folle par une haleine centuplée de forge en furie. Et je revis la gare.

La sonnette tintait: un train se rangeait sagement le long du quai. Je me laissai tomber, anéanti, sur la banquette d'un coupé obscur.

Ce ne fut qu'après un temps bien long, une heure peut-être, que je vis que d'autres voyageurs l'occupaient également. Ils dormaient. Ils descendirent avec moi à la gare, où le contrôleur ne jeta qu'un regard distrait sur la carte d'abonnement de Buire.

Le lendemain, comme Buire venait me réclamer son abonnement, je ne lui soufflai mot de l'aventure, car je m'accusais d'un rêve ou d'une hallucination.

Mais, quand je tirai la carte de ma poche, un gros morceau de verre rouge tomba; c'était un tesson de la fameuse bouteille.

Buire le ramassa.

Je vis son visage se tordre curieusement.

— Dites donc, vous! s'écria-t-il en tournant le morceau de verre entre ses mains.

— Alors... quoi?...

Il me regarda longuement, les yeux ronds, la lippe pendante, image de la plus complète hébétude.

— Puis-je emporter cela? balbutia-t-il. Oh! n'ayez aucune crainte, je vous le rendrai tel quel. Mais... Mais... Je voudrais...

— Peuh… Faites ! répondis-je avec indifférence.

Il me le rapporta le soir même. Il était très nerveux.

— Je l'ai montré à Wilfer et Broways… Ce sont des gens… euh… très discrets, soyez-en convaincu. Je leur ai dit que votre grand-père avait passé quelques années aux Indes…

— Et vous n'avez pas menti, dis-je en riant, c'était même un fameux chenapan, à en croire feu mon père et mes oncles.

— Tant mieux, dit-il, tout à coup rasséréné. Je me sens très mal, excusez-moi. Mais revenons-en à notre affaire.

— Nous avons donc une affaire en cours ?

— Je l'espère bien ! s'écria Buire. Wilfer et Broways disent que ce n'est pas très vendable. Ils n'ont jamais rien vu de pareil et surtout l'étrange forme irrégulière les intrigue. Qu'importe, il faudra le couper en quatre, peut-être en six, et cela en diminuera fortement la valeur. Bref, ils vous offrent un million de votre rubis.

— Ah ! fis-je, et je gardai un long silence.

Buire devint de plus en plus nerveux.

— Allons, jouons franc jeu, ils vous en offrent deux millions, mais n'espérez pas en obtenir davantage, sinon ce serait trop réduire ma commission, et elle ne sera pas énorme si l'on vous donne deux millions.

Et comme je me taisais toujours, il cria :

— Et surtout, ne l'oubliez pas… personne ne vous posera jamais de questions !

Tard dans la nuit, il m'apportait un volumineux paquet : deux mille grands billets.

Si j'avais mis en pièces et pris un large morceau de la blanche carafe de kummel, j'aurais eu un diamant digne des trésors de Golconde à offrir à Wilfer et Broways ; si je m'en étais pris aux flacons de chartreuse ou de menthe verte, c'est une émeraude comme jamais n'en connut Pizarre que j'aurais emportée.

Mais, baste, je n'y songe guère.

Je pense à la choucroute et je meurs de regret de n'y avoir pas goûté.

Je la revois sans cesse ; elle hante mes jours et mes nuits.

En vain, je réclame, aux cuisines les plus réputées, des plats géants où s'entassent les plus riches viandes pimentées.

Dès la première bouchée, tout m'est cendre et poussière et, d'un geste las, je renvoie le chef-d'œuvre gourmand aux traiteurs désespérés.

J'ai imploré les choucroutes les plus fastueuses de Strasbourg, de Luxembourg, de Vienne. Pouah! je suis parti, la nausée aux lèvres, criant mon dégoût et ma désespérance.

Et j'ai tourné le dos à Buire. Ce n'est plus mon ami.

Claude SEIGNOLLE

Le Meneur de loups

C'est sur la fin d'une journée de ce terrible hiver 1870, frappé d'un triple malheur : l'invasion, la famine et le froid, qui enfantent à leur tour cent et mille autres peines.

Ses grands doigts de glace profondément enfoncés dans la terre, le froid se cramponne sur la Sologne et s'attarde à pondre son frimas sur l'échine du pauvre monde. Visible en buées au contact des bouches, il ballotte son grand corps fluide au gré des vents mordants. Sa souveraineté sur les mois d'hiver a des exigences cruelles. Il se roule, se prélasse sur tout. Dans les bois, ses jeux font naître les douleurs sourdes des grands arbres aux branches déjà blessées par la foudre des jours d'été et brisées par les colères des vents d'automne. Les jeunes sapins à la chair tendre éclatent à cris secs, sonores. L'homme entend cette annonce de ruine et blêmit, impuissant.

Chez les pauvres gens, cet hiver a achevé bien des vieillards et repris les quelques jours de vie de bien des nouveau-nés. Les fossoyeurs doivent appuyer de toutes leurs forces sur les membres raidis, ces branches d'homme, pour les coucher dans le cercueil de sapin au parfum de printemps. En ouvrant le sol durci, ils jurent contre le froid qui, pour se gausser, mord les oreilles et leur met de ridicules glaçons dans les moustaches. La terre prend un peu de repos entre ses deux peines d'automne et de printemps, avant que la charrue ne vienne déchirer, en longues et fines lanières, son ventre à nouveau mou. Les bonnes bêtes gisent flanc à flanc, sur un épais lit de paille souple, dans la douce chaleur des étables aux murs crépis de bouses. Les bêtes sauvages viennent rôder près des fermes, poussées par la faim qui leur noue les entrailles comme le froid noue le mal dans les poitrines.

Et les bûcherons n'osent guère s'aventurer à des abattages lointains, dans la crainte de rencontrer le loup qui jette la terreur en déchirant ses hurlements sur ses crocs avides d'entrailles et de chair.

La locature des Bâtards ne vit, dans son aspect extérieur, que par la fumée de son tas de fumier recroquevillé contre la porcherie. Une neige brillante uniformise la cour et les toits. En étanchant sa soif, le froid a changé la mare vaseuse en un bloc de glace sombre. Pris au piège, un vieux seau dort paisiblement, l'anse repliée sur ses flancs fatigués. Un long trait de glissades sur la glace apprend au passant que le fermier a des enfants jeunes et vigoureux. Face à la porcherie, faisant bande à part, sont les bâtiments plus nobles : la grange vaste et pleine d'herbe de vie, garde-manger aux effluves grisants ; puis, tout contre, l'étable avec ses lents bruits de chaînes et ses meuglements sourds. Les bâtiments où logent Ribaud et sa famille dominent les dépendances et en sont séparés par une courette où la niche du chien voisine avec deux marmites ébréchées, remplies de ferrailles mariées entre elles par la rouille cupide.

Sans le souffle blanchâtre de la cheminée, l'haleine brumeuse du fumier et les geignements du bétail, on eût pu croire la ferme abandonnée.

Sur le chemin de boue figée, recouvert par une neige souple, marche un homme, grand et large d'épaules, suivi de loin par les animaux à peine visibles dans le crépuscule. En vue des Bâtards, il s'arrête et arrête son troupeau, puis il avance seul dans la cour. Il va fièrement. Le bois de ses sabots crisse. En approchant, il voit que la flamme du foyer projette une ombre rousse sur les vitres de la grande salle. Arrivé contre la porte, il la heurte du poing, sans marquer d'hésitation.

— … Entrez… dit une voix à l'intérieur.

Il pousse. La porte résiste.

— Entrez… répète la voix en se faisant plus rude… Poussez de l'épaule, on dirait que cette maudite glace veut tout pour elle.

D'une lourde jetée d'épaule, l'homme repousse le panneau de chêne qui craque puis cède.

La salle de ferme apparaît, pleine d'une étonnante vie. Le feu besogne à dévorer les bûches qu'on ne lui refuse pas, mettant sa chaleur dans le sang de ceux qui se trouvent là, éclairant leurs travaux de ses flammes douces, faisant pétiller les brindilles, siffler le sapin, éclater la châtaigne, gémir l'eau du chaudron, empester le poil mouillé du gros chien couché sur le flanc, le regard vague. Les Ribaud sont tous là. La grand-mère, cassée par l'âge, marquée par les durs travaux et qui perd chaque jour un peu de sa force de femme, sommeille, le menton sur les peaux de son cou. La jeune Ribaud donne sa mesure de peine, pétrit la pâte à grandes brassées et court relever le bébé brun qui, sentant la sève pousser dans ses petites jambes, s'épuise à des sensations nouvelles. Assis à terre, sur des sacs pliés, deux gars de neuf et onze ans, couteau en main, bricolent du bois. À la meule est le maître, déjà soucieux de ses responsabilités reçues avec le dernier souffle du père mort depuis deux mois, tué par le travail plus que par l'âge.

À la vue de l'étranger immobile sur la pierre du seuil, chacun s'arrête. Le chien grogne en découvrant ses crocs usés et se dresse menaçant, mais, d'un geste, l'homme le fait taire, le fléchit sur ses pattes et l'oblige à aller se glisser sous la maie à l'intérieur chemisée de farine. À voir le regard subitement craintif de la bête, on la croirait ensorcelée.

L'inconnu n'a aucun geste d'amitié. Avec ce large pantalon de laine bleue, tenu à la taille par une haute ceinture rouge, est-ce un soldat fuyard ?... Ou un saltimbanque, avec cette demi-houppelande noire effrangée et cette toque de fourrure noire, crotteuse, tenue par un mouchoir noué sous le menton ?

Il est sans âge apparent et semble de tous les temps des hommes.

Après avoir jeté un rapide regard derrière lui et légèrement refermé la porte, il dit enfin, soulageant tout le monde :

— Nous avons faim, mes bêtes et moué...

Il parle lentement, avec peine. On sent qu'il n'est pas habitué à le faire souvent.

— Combien sont vos bêtes ? demande Ribaud.

— ... peut-être six...

— Et vous promenez du bétail par ces froids-là ?

L'autre ne répond pas. Il sort et siffle. Après, il revient mettre son grand corps dans le cadre de la porte. La chaleur du feu lutte contre l'air glacé qui pénètre comme le flot de l'étang envahit les prés une fois la vanne levée. Chacun pense lui dire de fermer la porte, mais personne ne l'ose tant cet homme fait naître la crainte. Bientôt, des frappements de pattes nerveuses martèlent le sol de la cour. Sous la maie, le chien hurle aussitôt à la mort. Les bêtes de l'inconnu arrivent avec des sifflements rauques. Et brusquement, à la hauteur de la pierre du seuil, surgissent des museaux longs, menaçants. Des grands yeux aux pupilles pourpres fixent les flammes de l'âtre.

— ... Aux loups...

Chassés jusqu'au fond de la salle par leur frayeur, Marc et Julien, les garçons, se serrent dans un recoin. La femme prend vivement le bébé accroupi par terre et le jette dans son berceau. La vieille se réveille complètement, mais reste coite de saisissement. Ribaud décroche son fusil. Les loups se sont immobilisés aux pieds de leur maître.

— C'est toi le meneur de loups ? dit Ribaud, menaçant.

Le meneur ordonne d'un ton bref :

— Donn'nous à manger...

Le fermier serre à la briser la crosse de son arme. Il comprend que les menaces ne seraient rien contre l'homme fort de ses bêtes et du mystère qui l'entoure. Il commande, sans détourner la tête :

— La mère et toi, Louise, faites une pâtée...

Les enfants ne parviennent pas à détacher leurs regards des loups qui restent là, prêts à tous les égorgements. Ils sont fascinés. On leur a si souvent raconté leurs méfaits sans limites et leur terrifiante férocité que, dans leur esprit d'enfant, reviennent sans cesse les menaces maternelles : « ... Si vous ne vous tenez pas sages, je vais vous mener au loup. »

Et plusieurs loups sont là, à trois bonds d'eux !

— Sors tes bêtes de la porte... dit Ribaud, craignant que ses enfants prennent une de ces mauvaises fièvres de peur si difficiles à faire passer.

Le meneur de loups plisse mauvaisement les paupières mais les fait reculer dans la cour. Il jette des ordres brefs, plus cinglants que des coups de fouet. À chaque mot, ses lèvres se contractent et il parle du coin de la bouche, d'entre ses dents serrées.

— Hors là... nouer... trri...

— Surveille-les, qu'ils ne bougent pas pour aller avec nos bonnes bêtes, dit encore le fermier.

Comme pour répondre, les vaches se mettent à meugler leur affolement. Elles ont senti la présence dangereuse. Ribaud veut mettre l'homme dehors. Le meneur de loups s'adosse plus fort à la porte toujours ouverte, croise ses bras sur sa poitrine et n'a pas l'air de tenir compte du froid.

La fermière apporte enfin un grand plat creux, suivie de la grand-mère qui en porte un autre. Dedans sont des patates et du pain écrasé gonflé d'eau chaude.

— Donnez, grogne-t-il.

Il va déposer les plats près de ses bêtes. Dans le froid, la pâtée fume doublement. Les bêtes grondent, mais ne bondissent pas afin d'apaiser leur faim d'un seul coup. Elles paraissent attendre autre chose.

La vieille Ribaud, qui agit toujours en silence, regarde son fils avec inquiétude. Si ces bêtes-là ne veulent pas de cette nourriture, quoi donc les désaffamera ?

— Va chercher des galettes, dit Ribaud à sa femme.

Elle lui en apporte sur un plat de bois. Il prend le plat et le tend au meneur.

— Voilà pour toi…

L'homme ne remercie pas. Il prend toutes les galettes d'une main, les brise et va les jeter dans la pâtée destinée aux loups. Cela fait, il ordonne à ses bêtes : « Mangeons. »

S'approchant, l'échine courbée, matées par une forte obéissance, elles avalent avec de grands bruits le pain gonflé, fade, intimement mêlé aux galettes parfumées et sucrées.

Alors se mettant à genoux et écartant les museaux grognants, le meneur se fait une place et mange à même le plat avec contentement.

Une fois sa faim assouvie, il revient à Ribaud qui, du seuil, a regardé cette scène avec stupeur.

— L'âge d'ton plus jeune enfant ? demande-t-il.

— Un an…

— Garçon, fille ?

— Fille…

— Montr'la moué.

— Mais…

— N'crains rien, j'veux remercier…

Ribaud en ressent un soulagement.

— Si c'est pour ça, nous sommes quittes…

— J'veux quand même.

Il écarte le fermier et entre. Son sillage empeste de telles senteurs animales que Ribaud détourne le nez. Arrivé au banc, il s'assoit. Alors, chacun peut voir que, sous sa houppelande, il porte un sac de toile bise pendu en bandoulière.

— Cette chaudure m'fait mal… dit-il en jetant un mauvais regard aux bûches… Mais montr'moué ta ch'tite fille, ajoute-t-il aussitôt.

Inquiète, la mère ne veut pas montrer l'enfant.

— Laisse faire, dit le fermier.

Marie est montrée à l'homme.

— Donne qu'je la mette su'mes g'noux.

La Ribaud regarde son homme.

— Donne, dit-il.

Lorsqu'il l'a sur lui, le meneur parle à l'enfant sans la moindre méchanceté.

— … ch'tite, 'coute… J'vas t'faire un don…

Il continue à voix basse, si bien que personne ne comprend ce qu'il dit. Il a des mots gutturaux suivis de gestes mystérieux. Marie le regarde, sérieuse, la bouche ouverte. En parlant, l'homme défait son sac et apparaît la tête d'un louveteau de deux ou trois mois. De surprise, croyant à un jeu, Marie se frappe les mains, si bien que le louveteau prend peur et refuse de quitter le sac où il est en sécurité.

— L'a point mangé d'viande, vot'fille ? demande le meneur à la cantonade.

— Non… répondent-ils tous en même temps, le souffle court.

Il marque d'un silence le silence et prenant la petite main de l'enfant, la met dans la gueule du louveteau.

La mère étouffe un cri et s'avance pour reprendre sa fille. Ribaud l'arrête du regard.

Maintenant le meneur parle avec gravité.

— T'as l'don, Marie… tu comprendras les loups, tes mains pourront barrer et guarir les mordures faites par eux… Tu mâcheras du pain pour faire la bouillie qui guarira… tu la poseras su'l'mal… ça s'ra eune sorte d'madicament… Seulement, souviens-toi… tu perdras l'don à ma mort…

Cela dit, il rend l'enfant à sa mère, se lève et sort sans regarder quiconque. Dociles, repues, ses bêtes l'attendent, immobiles dans la cour. «Trrri...», fait-il. Ils s'enfoncent dans la nuit qui vient durcir le froid...

Richard MATHESON

Escamotage

Pages reproduites d'après un cahier manuscrit trouvé, voici deux semaines, dans un drugstore de Brooklyn. Sur la même table, était posée une tasse de café à demi vide. D'après les dires du propriétaire, cette table était inoccupée depuis plus de trois heures au moment où il remarqua le cahier pour la première fois.

Samedi, début de la matinée.

Je ne devrais pas parler de ces choses par écrit. Si Mary mettait la main dessus ? Et puis ? Ce serait le point final, voilà tout. Cinq ans semés au vent.

Mais j'en ai besoin. J'ai trop l'habitude d'écrire. Impossible sans cela de connaître la paix. Poser mes pensées noir sur blanc, les extérioriser, me simplifier l'esprit. Mais il est si difficile de simplifier les choses et si facile de les compliquer.

Songer aux mois passés.

Quel a été le début ? Une dispute, bien sûr. Tant et tant de disputes depuis notre mariage. Et toujours la même, c'est ce qui est horrible.

L'argent.

Elle dit :

— Il n'est pas question de confiance en ton talent. Il est question de factures et de savoir si oui ou non nous avons de quoi les payer.

— Et des factures pour payer quoi ? Le nécessaire ? Non. Rien que le superflu.

— Le superflu !

Et nous voilà repartis. Dieu, à quel point la vie sans assez d'argent peut être atroce. Un manque que rien ne peut combler.

Comment écrire en paix avec la chaîne des soucis d'argent – d'argent – d'argent ? Télévision, réfrigérateur, machine à laver – rien encore de payé jusqu'au bout. Et le lit neuf dont elle a envie…

Et moi, stupide, faisant empirer la situation.

Pourquoi avoir quitté l'appartement ce soir-là ? La dispute, oui, mais il y avait eu toutes les autres. L'orgueil, c'est tout. Sept ans – *sept !* – consacrés à écrire pour gagner en tout 316 dollars ! Et mes soirées passées à ce sinistre travail de dactylographie à mi-temps, Mary obligée d'y travailler aussi. Dieu sait qu'elle a parfaitement le droit de douter de moi, parfaitement le droit de vouloir que j'accepte cet emploi offert par Jim.

Tout est ma faute. Admettre mon échec, faire le geste qu'il fallait – tout était résolu. Plus de travail le soir. Et Mary à la maison comme elle le désire, là où doit être sa place. Le geste qu'il fallait, rien d'autre.

Et j'ai fait celui qu'il ne fallait pas. De quoi être malade.

Mike et moi en virée, comme deux idiots. La rencontre de Jane et Sally. Et des mois ensuite à écarter l'idée que nous nous conduisions comme des idiots. À nous perdre dans ce que nous appelions une « expérience ». À faire les jolis cœurs en oubliant que nous étions mariés.

Et puis la nuit dernière, tous les deux, avec elles, dans leur studio…

Peur de dire le mot ? Imbécile !

Adultère.

Pourquoi tout est-il si embrouillé ? J'aime Mary. *Je l'aime.* Et tout en l'aimant j'ai fait cette chose.

Et ce qui est pis, j'ai eu plaisir à la faire. Jane est tendre, compréhensive, passionnée. Elle est le symbole des bonheurs perdus. C'était merveilleux. Inutile de mentir.

Comment le mal peut-il être merveilleux ? La cruauté source de joie ? Tout est perversité, confusion, désordre et colère.

Samedi après-midi.

Dieu merci, elle m'a pardonné. Jamais je ne reverrai Jane. Tout va s'arranger.

Je suis allé m'asseoir sur le lit ce matin, elle dormait encore. Elle s'est éveillée et m'a considéré avec de grands yeux, puis elle a regardé l'heure. Elle avait pleuré.

— Où étais-tu ? a-t-elle demandé de cette voix fragile de petite fille qu'elle prend quand elle a peur.

J'ai dit :

— Avec Mike. Nous avons bu et parlé toute la nuit.

Elle m'a regardé pendant une seconde encore. Puis, lentement, elle a pris ma main et l'a pressée contre sa joue.

— Pardonne-moi, a-t-elle dit, et les larmes sont venues à ses yeux.

J'ai enfoui ma tête près de la sienne pour qu'elle ne voie pas mon visage.

— Oh ! Mary, toi aussi, pardonne-moi.

Je ne lui dirai jamais la vérité. Elle compte trop pour moi. Je ne *peux pas* la perdre.

Samedi soir.

Nous avons été commander un nouveau lit cet après-midi.

— Mon chéri, nous ne pouvons pas nous l'offrir, a-t-elle dit.

— Ne t'inquiète pas. On était si mal dans le vieux. Je veux que ma petite fille fasse de beaux rêves.

Elle m'a embrassé la joue, heureuse. Elle s'est laissée rebondir sur le lit, comme une enfant ravie.

— Regarde ! criait-elle. Comme il est moelleux !

Tout va bien. Tout sauf la prochaine fournée de factures au courrier. Tout, sauf ma dernière histoire qui ne veut pas démarrer. Tout sauf mon roman qui a été refusé cinq fois. Il *faut* que Burney House l'accepte. Ils l'ont gardé longtemps. J'y compte. J'ai atteint le point critique en ce qui concerne ma carrière. En ce qui concerne n'importe quoi. De plus en plus j'ai l'impression d'être un ressort débandé.

Enfin… tout va bien avec Mary.

Dimanche soir.

Retour des ennuis. Encore une dispute. Je ne sais même plus à propos de quoi. Elle boude. J'écume. Je suis incapable d'écrire quand je suis en colère. Elle le sait.

Envie de téléphoner à Jane. Elle au moins s'intéresse à ce que je fais. Envie de tout laisser tomber, de me saouler, de me jeter à l'eau, n'importe quoi. Pas étonnant que les bébés soient heureux. Ils ont la vie simple. Un peu faim, un peu froid, un peu peur dans le noir. Rien de plus. À quoi bon devenir un homme ? La vie est une fumisterie.

Mary m'appelle pour que je vienne dîner. Pas envie de manger. Pas même envie de rester à la maison. Peut-être téléphonerai-je à Jane un peu plus tard. Juste pour lui dire bonjour.

Lundi matin.

Nom de Dieu, nom de Dieu !

Garder le manuscrit plus de deux mois, ça ne leur suffisait pas, oh, non ! Il fallait encore qu'ils l'inondent de café et qu'ils me le renvoient, en le refusant avec une *circulaire* ! Pouvoir les tuer ! Est-ce qu'ils se rendent compte de ce qu'ils font ?

Mary a vu la circulaire.

— Alors, et *maintenant* ? a-t-elle dit.

Le mépris dans sa voix.

— Maintenant ?

J'essayais de ne pas exploser.

— Tu te crois toujours capable d'être écrivain ?

J'ai explosé.

— Bien sûr, ils ont raison, ils sont infaillibles, hein ? Je ne vaux rien, puisqu'ils l'ont décrété ?

— Voilà sept ans que ça dure. Sans résultat.

— Et ça continuera encore autant. Cent ans, s'il le faut.

— Tu refuses de prendre le travail que te propose Jim ?

— Exactement.

— Tu devais le faire en cas d'échec du livre.

— *J'ai* un travail. Et toi aussi ! Et c'est comme ça et ça le restera.

— Possible, mais *moi* je ne resterai pas !

Qu'elle me quitte ! Et après ? Lassitude de tout. Factures... écritures... Échecs, *échecs* ! Et la petite vie ancienne qui s'écoule goutte à goutte, édifiant la muraille de ses complexités comme un fou maniant un jeu de cubes.

Toi ! Maître du monde, régulateur de l'univers. S'il y a *quelqu'un* pour m'entendre – supprime ! Simplifie le monde ! Je ne crois en rien mais j'abandonnerais... *n'importe quoi sur terre*, si seulement...

Quelle importance ? Tout m'est égal.

Je téléphonerai à Jane aujourd'hui.

Lundi après-midi.

Je suis sorti pour appeler Jane. Mary va voir sa sœur ce soir. Elle n'a pas parlé de m'y emmener, et ce n'est pas moi qui mettrai la chose sur le tapis.

J'ai déjà appelé Jane hier soir, chez elle au Stanley Club, et la standardiste m'a répondu qu'elle était sortie. Je pensais la joindre aujourd'hui à son bureau.

Je suis allé téléphoner au *drugstore*. Se fier à sa mémoire pour retenir les numéros, c'est la meilleure façon de les oublier. J'ai pourtant appelé celui-ci assez souvent. Impossible de m'en souvenir.

Elle travaille aux bureaux d'un magazine – *Design Handbook*, ou *Designer's Handbook*, ou quelque chose comme ça. Curieux, oublié ça aussi. Jamais dû y faire très attention.

Mais je me rappelle l'endroit. Je suis passé la chercher un jour. On était allés déjeuner ensemble, Mary me croyait à la bibliothèque municipale.

J'ai pris l'annuaire. Je savais que le numéro du magazine de Jane était en haut de la colonne de droite, sur une page à droite. J'y avais regardé une douzaine de fois.

Aujourd'hui, il n'y était pas.

J'ai trouvé le mot *Design* avec diverses raisons sociales. Mais c'était à gauche, en bas de la colonne de gauche, juste l'opposé. Et je ne retrouvais pas le nom. D'habitude, dès que je le voyais, je savais que c'était celui-ci et aussitôt je reconnaissais le numéro. Aujourd'hui, non.

J'ai parcouru la liste dans tous les sens. Rien qui ressemble à un *Design Handbook*. Finalement j'ai pris le numéro de *Design Magazine*, mais j'avais le sentiment que ce n'était pas celui que je cherchais.

Je finirai cela plus tard. Mary m'appelle pour me mettre à table. Déjeuner, dîner, est-ce que je sais ? En tout cas le grand repas de la journée puisque nous travaillons tous les deux le soir.

Plus tard.

Ce repas m'a un peu apaisé. J'en avais besoin. Ce coup de téléphone m'a rendu nerveux.

J'ai fait le numéro. Une femme a répondu.

— *Design Magazine*, a-t-elle dit.

J'ai demandé à parler à miss Lane.

— Pardon ?

— Miss Lane.

Elle a dit : « Un moment. » Et j'ai su que ce n'était pas le bon numéro. D'habitude la téléphoniste me branche immédiatement sur la ligne de Jane.

— Voulez-vous me rappeler le nom ? a-t-elle demandé encore.

— Miss Lane. J'ai dû me tromper de numéro…

— Vous voulez peut-être dire Mr. Payne ?

— Non, non. Excusez-moi, c'est une erreur.

J'ai raccroché de mauvaise humeur. Ce numéro fantôme que j'avais regardé je ne sais combien de fois… cela manquait de sel.

J'ai pensé que j'avais vu un vieil annuaire et je suis allé en consulter un autre. C'était le même.

Je l'appellerai chez elle ce soir, impossible de faire autrement. Je veux la joindre aujourd'hui, pour être sûr qu'elle me réserve sa soirée de samedi.

Je pense à quelque chose. Cette téléphoniste. Sa voix. Je jurerais que c'était elle que j'entendais les autres fois.

Drôle d'idée.

Lundi soir.

J'ai appelé le Stanley Club pendant que Mary était descendue chercher deux gobelets de café.

J'ai dit à la standardiste, comme chaque fois :

— Je voudrais parler à miss Lane, s'il vous plaît.

— Ne quittez pas.

Silence. Le temps de m'impatienter, puis un déclic :

— Quel nom ?

— Miss *Lane*. Je l'ai appelée je ne sais combien de fois.

— Je vais revoir la liste.

Nouveau silence. Et :

— Il n'y a personne de ce nom ici, monsieur.

— Mais je vous dis que je l'ai appelée…

— Êtes-vous sûr que c'est le bon numéro ?

— Oui ! C'est *bien* le Stanley Club ?

— En effet.

— Eh bien, c'est là que je téléphone.

— Que voulez-vous que je vous dise ? En tout cas, aucune miss Lane n'habite ici.

— Mais j'ai téléphoné *hier soir* ! Vous m'avez répondu qu'elle était sortie.

— Je suis désolée. Je ne me rappelle pas.

— Enfin, c'est impossible !

— Je veux bien regarder encore une fois, mais je vous assure que c'est inutile.

— Et personne de ce nom n'a déménagé ces jours derniers ?

— Pas une chambre vacante depuis un an. Vous savez, à New York, avec la crise du logement...

— Je sais.

J'ai raccroché.

Je suis retourné à mon bureau. Mary était rentrée du *drugstore*. Elle m'a dit que mon café refroidissait. J'ai prétendu que j'avais appelé Jim au sujet de cette place qu'il me propose. Mensonge peu indiqué. Maintenant elle aura une occasion de remettre ça sur le tapis.

J'ai bu mon café puis j'ai essayé de travailler. Mais j'avais l'esprit ailleurs.

Il fallait bien qu'elle soit quelque part. Je ne l'avais pas rêvée. Pas plus que Mike n'avait rêvé Sally...

Sally ! Elle aussi habitait là !

J'ai prétexté une migraine et des cachets à aller acheter. Il y en avait à la maison. J'ai dit que je ne supportais pas cette marque. Les plus futiles mensonges !

J'ai couru au *drugstore*. La même standardiste m'a répondu.

— Est-ce que miss Sally Norton est ici ?

— Ne quittez pas.

Je me suis senti l'estomac noué. D'abord, elle connaissait les noms des locataires par cœur. Jane et Sally habitaient le Club depuis *deux ans*.

Et alors :

— Désolée, monsieur. Il n'y a personne de ce nom ici.

J'ai poussé un gémissement.

— Quelque chose qui ne va pas, monsieur ?

— Pas de Jane Lane et pas de Sally Norton ?

— Êtes-vous la personne qui a appelé tout à l'heure ?

— Oui.

— Écoutez, si c'est une plaisanterie…

— Une plaisanterie ! Hier soir j'ai téléphoné et vous m'avez dit que miss Lane était sortie, en me demandant s'il y avait un message. J'ai dit que non. Et maintenant c'est vous qui me prétendez…

— Je ne sais que vous dire. Je ne me rappelle rien pour hier soir. Si vous voulez le directeur…

— Non, inutile.

J'ai raccroché, puis j'ai appelé Mike. Il n'était pas chez lui. Sa femme Gaby m'a répondu qu'il dînait dehors.

J'étais un peu nerveux, j'ai déraillé :

— Avec des amis hommes ?

Elle a paru choquée.

— *J'espère* bien que oui !

Je commence à avoir peur.

Mardi soir.

J'ai rappelé Mike ce soir. Je lui ai demandé s'il savait quelque chose au sujet de Sally.

— Qui ?

— Sally.

— Sally qui ?

— Tu le sais bien, faux jeton !

— C'est un gag ?

— On le dirait, oui ! Si on parlait sérieusement ?

— Reprenons au début. Qui diable est Sally ?

— Tu ne connais pas Sally Norton ?

— Non. Qui est-ce ?

— Tu n'as jamais eu rendez-vous avec elle, Jane Lane et moi ?

— Jane Lane ! De qui parles-tu ?

— Tu ne connais pas non plus Jane Lane ?

— *Non !* Et je ne te trouve pas drôle. Je te suggère même d'arrêter. Entre hommes mariés, c'est…

— Écoute ! ai-je crié. Où étais-tu samedi soir il y a trois semaines ?

Il a gardé le silence un moment.

— Ce n'était pas la soirée que nous avons passée en célibataires pendant que Mary et Glad étaient à une présentation de mode ?

— En célibataires ! Sans personne d'autre ?

— Qui donc ?

— Pas de filles ? Sally ? Jane ?

— Ça y est, il recommence ! a-t-il grogné. Écoute, mon vieux, qu'est-ce qui t'arrive ? Tu n'as pas l'air de tourner rond ?

Je me suis effondré contre la cloison de la cabine téléphonique.

— Non, ai-je, murmuré. Ça va.

— Bien vrai ? Tu as l'air dans un état effrayant.

J'ai raccroché. Je *suis* dans un état effrayant. Comme un affamé dans un monde où il n'y a pas une miette pour le nourrir.

Qu'est-ce qui se passe ?

Mercredi après-midi.

Un seul moyen de savoir si Jane et Sally avaient réellement disparu.

J'ai rencontré Jane par l'intermédiaire d'un de mes amis de collège. Tous deux étaient de Chicago. C'est lui qui m'a donné son adresse à New York, le Stanley Club. Il ignorait que j'étais marié.

Je rendis visite à Jane, je sortis avec elle, et Mike avec son amie Sally. C'est ainsi que se sont passées les choses. Je *sais* qu'elles se sont produites.

Aujourd'hui j'ai donc écrit à mon ami Dave. Je lui disais ce qui est arrivé. Je lui demandais d'aller se renseigner chez les parents de Jane et de me dire s'il s'agissait d'une farce ou d'un concours de coïncidences. Puis j'ai pris mon répertoire.

Le nom de Dave ne s'y trouvait pas.

Est-ce que je deviens vraiment fou ? Je sais parfaitement bien que cette adresse était là. Je me rappelle encore le soir où je l'ai inscrite pour ne pas perdre contact avec lui après notre sortie du collège. Je me rappelle même la tache d'encre faite par ma plume qui avait glissé.

La page est blanche.

Je me souviens de lui, de son nom, de son aspect, de sa manière de parler, des choses que nous avons faites ensemble, des classes que nous avons suivies.

J'avais même gardé une lettre de lui qu'il avait envoyée au collège, une année pendant les vacances de Pâques. Mike était avec moi dans ma chambre quand je l'avais reçue. Comme nous habitions New York, nous n'avions pas le temps d'aller dans nos familles, le congé ne durant que quelques jours.

Mais Dave avait pu se rendre chez lui, à Chicago, et de là il nous avait envoyé cette lettre très drôle, par exprès. Il l'avait cachetée à la cire, avec la marque de sa bague en guise de sceau, pour plaisanter.

La lettre était dans mon tiroir aux vieux souvenirs.

Elle n'y est plus.

Et je possédais trois photos de Dave, prises lors de la remise de notre diplôme de fin d'études. Il y en avait deux dans mon album de photos. Elles y sont toujours.

Mais il ne figure plus dessus.

On y voit seulement les jardins du collège avec les bâtiments en arrière-plan.

J'ai peur d'aller plus loin. Je pourrais écrire ou téléphoner au collège et leur demander si Dave a jamais été leur élève.

Mais j'ai peur d'essayer.

Jeudi après-midi.

Je suis allé aujourd'hui voir Jim à son bureau à Hampstead. Il a paru surpris de me voir.

— Ne me dis pas que tu as pris le train jusqu'ici pour m'annoncer que tu acceptais ce travail.

Je lui ai demandé :

— Jim, m'as-tu jamais entendu parler d'une fille à New York du nom de Jane ?

— Jane ? Non, je ne crois pas.

— Voyons, Jim, j'ai forcément fait allusion à elle. Tiens, rappelle-toi, la dernière fois que nous avons joué au poker avec Mike. Je t'ai parlé d'elle à ce moment-là.

— Je ne me rappelle pas, Bob. En quoi cela te concerne-t-il ?

— Il m'est impossible de la retrouver. Pas plus que la fille avec qui sortait Mike. Et Mike nie avoir jamais connu l'une et l'autre.

Devant son air interloqué, je lui ai redonné des explications. Alors il s'est exclamé :

— Eh bien, c'est du beau ! Deux hommes mariés courant les jupons…

— Nous étions amis, rien d'autre. C'est un camarade de collège qui me les avait présentées. Ne va pas te faire des idées.

— Bon, laissons tomber. Et qu'est-ce que je viens faire là-dedans ?

— Je ne *peux* pas les retrouver. Elles ne sont plus là. Je ne peux même pas prouver qu'elles ont existé.

Il a haussé les épaules. « Et puis ? » Et il m'a demandé si Mary était au courant. J'ai omis de répondre.

— Je ne t'ai jamais mentionné Jane dans une de mes lettres ? ai-je continué.

— Je ne pourrais pas te le dire. Je ne conserve aucune lettre.

Je le quittai peu après. Il devenait trop curieux. Et je vois d'ici le processus. Il en parle à sa femme, sa femme en parle à Mary – et le feu est mis aux poudres.

En sortant de la gare à la fin de l'après-midi, j'ai eu le sentiment atroce d'être quelque chose de *temporaire*. Si je m'asseyais quelque part, c'était comme de reposer sur le vide.

Je suppose que j'avais les nerfs à bout. Parce que j'ai heurté un passant exprès pour voir s'il s'apercevait de ma présence et de mon contact. Il a braillé et m'a traité de tous les noms.

Je l'aurais embrassé.

Jeudi soir.

J'ai rappelé Mike pour savoir s'il se rappelait Dave au collège.

La sonnerie a été interrompue par un déclic. J'ai entendu la voix d'une téléphoniste :

— Quel numéro demandez-vous, monsieur ?

Un frisson m'a parcouru l'échine. J'ai donné le numéro. Elle m'a répondu qu'il n'y avait pas d'abonné.

L'appareil m'est tombé des mains. Mary est venue voir ce qui se passait. La voix de la téléphoniste répétait : « Allô... allô... allô... » J'ai replacé en hâte le récepteur sur son support.

— Qu'est-ce que tu fais ? a dit Mary.

— Rien. J'ai fait tomber le téléphone.

Je me suis assis à mon bureau. Je tremblais comme une feuille.

J'ai peur de parler à Mary de Mike et de Gladys.

J'ai peur qu'elle me réponde qu'elle n'a jamais entendu prononcer leurs noms.

Vendredi.

J'ai vérifié les choses en ce qui concernait le magazine *Design Handbook*. Les Renseignements m'ont appris qu'aucune publication portant ce nom n'était répertoriée. Je suis quand même allé voir.

J'ai reconnu l'immeuble. J'ai regardé la liste des bureaux dans le vestibule. Je savais que je n'y trouverais pas le magazine, mais cela m'a causé malgré tout un choc.

J'ai pris l'ascenseur, hébété, l'estomac serré. J'avais l'impression d'être emmené à la dérive loin de tout ce qui existe.

Je suis descendu au troisième. Je me suis retrouvé à l'endroit exact où j'étais venu chercher Jane une fois.

C'était une compagnie de textiles.

— Il n'y a jamais eu de magazine installé ici ? ai-je demandé à la réception.

— Pas que je me souvienne, a répondu l'employée. Mais je ne suis là que depuis trois ans.

Je suis rentré. J'ai déclaré à Mary que je me sentais malade, que je n'irais pas travailler ce soir. Elle m'a dit qu'elle non plus. Je suis allé dans notre chambre pour être seul. Je suis resté à l'endroit où nous devons placer le nouveau lit, à sa livraison la semaine prochaine.

Mary m'a suivi. Elle est restée sur le seuil.

— Bob, qu'est-ce qu'il y a ? Je n'ai pas le droit de savoir ? Sa voix était nerveuse.

— Il n'y a rien.

— Je t'en prie, ne dis pas non. Je ne suis pas aveugle.

J'ai eu envie de courir vers elle. Mais je me suis détourné.

— J'ai une lettre à écrire.

— À qui ?

Je me suis emporté.

— Cela me regarde.

Et puis je lui ai dit que c'était à Jim.

Elle m'a regardé dans les yeux.

— J'aimerais te croire.

— Que signifie… ?

Elle m'a tourné le dos.

— Alors, tu feras mes amitiés à… *Jim*.

Sa voix s'est brisée. J'ai frissonné à l'entendre.

J'ai fait la lettre. J'ai décidé que Jim pouvait m'aider. La situation est trop désespérée pour garder le secret. Je lui ai dit que Mike avait disparu. Je lui ai demandé s'il se souvenait de Mike.

Curieux, ma main tremblait à peine. Peut-être est-ce ainsi quand on n'appartient presque plus à la terre.

Samedi.

Mary est partie tôt, pour un travail de dactylo urgent.

Après mon petit déjeuner, je suis allé chercher de l'argent à la banque, pour payer le nouveau lit.

J'ai rempli un chèque de cent dollars. Je l'ai tendu avec mon carnet de dépôts au caissier.

Il a ouvert le carnet et m'a regardé en fronçant les sourcils.

— Vous vous croyez drôle ?

— Comment cela ?

Il a poussé le carnet vers moi en appelant :

— Au suivant.

Je crois que j'ai crié.

— Qu'est-ce qui vous prend ?

Un homme s'est levé d'un bureau et s'est approché avec un air important. Derrière moi, une femme a dit :

— Ne restez pas devant le guichet, monsieur.

— De quoi s'agit-il ? a demandé l'homme.

— Votre caissier refuse d'honorer mon chèque.

Il a pris le carnet de dépôts que je lui tendais, et l'a ouvert. Il a levé les yeux avec surprise. Puis d'une voix calme :

— Ce carnet est vierge, monsieur.

Je le lui ai arraché des doigts, le cœur battant.

Il n'avait jamais été utilisé.

J'ai gémi :

— Oh ! mon Dieu...

— Voulez-vous que nous vérifiions le numéro de ce carnet ?

Mais il n'y avait pas même de numéro. Je le voyais. Les larmes me vinrent aux yeux.

— Non, ai-je dit. Non...

Je suis sorti tandis qu'il me rappelait :

— Une seconde, monsieur...

J'ai couru jusqu'à la maison.

J'ai attendu dans l'entrée le retour de Mary. Je continue d'attendre en ce moment. Je regarde le carnet de dépôts. À la ligne où nous avions signé nos deux noms. Aux cases où étaient inscrits nos dépôts. Cinquante dollars de ses parents pour notre premier anniversaire de mariage. Deux cent trente dollars de la caisse des anciens combattants. Vingt dollars. Dix dollars...

Partout, rien que du vide.

Tout s'en va. Jane. Sally. Mike. Les noms s'envolent et les gens avec.

Et maintenant ce carnet. Quoi d'autre ensuite ?

Plus tard.

Je sais quoi.

Mary n'est pas rentrée.

J'ai appelé le bureau. Sam a répondu. J'ai demandé si Mary était là. Il m'a dit que je devais faire erreur, qu'aucune Mary ne travaillait chez lui. J'ai donné mon nom. Je lui ai demandé si *moi* j'y travaillais.

— Assez blagué, a-t-il dit. Je compte sur vous lundi soir.

J'ai appelé mon cousin, ma sœur, mon oncle. Pas de réponse. Pas même de sonnerie. Aucun des numéros ne fonctionnait.

Donc, aucun d'eux n'est plus là.

Dimanche.

Je ne sais pas quoi faire. J'ai passé la journée assis à la fenêtre à observer la rue. Je guettais le moindre visage connu. Mais il n'y avait rien que des étrangers.

Je n'ose pas quitter la maison. Elle est tout ce qui me reste. Avec nos meubles et nos vêtements.

Je veux dire *mes* vêtements. Son placard à elle est vide. Je l'ai ouvert ce matin à mon réveil et il n'y avait pas un mouchoir. C'est comme un tour de prestidigitation, un escamotage – comme…

J'ai simplement ri. Je dois être…

J'ai appelé le magasin de meubles. Il est ouvert le dimanche après-midi. On m'a dit qu'il n'y avait aucune commande de lit à notre nom. Je pouvais venir vérifier si je voulais.

Je suis revenu à la fenêtre.

J'ai pensé à appeler ma tante de Detroit. Mais je suis incapable de me rappeler le numéro. Et il n'est plus dans le répertoire. Le répertoire entier est vide. Il ne reste plus que mon nom en lettres d'or sur la couverture.

Mon nom. Rien que mon nom. Que dire ? Que faire ? Facile. *Rien* à faire.

J'ai feuilleté l'album de photos. Presque toutes les photos ont changé. Elles ne représentent plus personne.

Mary n'y est plus, ni nos parents, ni nos amis.

De quoi rire.

Sur la photo de mariage je suis assis, tout seul, à une immense table couverte de mets. Mon bras gauche est étendu et courbé pour enlacer une mariée fantôme. Et, tout autour de la table, il y a des verres qui flottent dans le vide.

Qui me portent un toast.

Lundi matin.

On m'a retourné la lettre que j'avais envoyée à Jim. Avec sur l'enveloppe la mention INCONNU.

J'ai essayé de joindre le facteur, mais je n'ai pas pu. Il est passé avant mon réveil.

Je suis allé chez l'épicier. Il me connaissait. Mais quand je lui ai demandé s'il avait vu ma femme, il a ri en disant qu'il savait bien que je mourrais célibataire.

Il ne me reste qu'une seule idée. C'est un risque à prendre. Il faut que je quitte la maison et que j'aille en ville à l'Association des Anciens Combattants. Je veux savoir si je figure dans les archives. Si oui, il restera quelques renseignements sur mes études, mon mariage, mes relations.

J'emporte ce cahier avec moi. Je ne veux pas le perdre. Si je le perdais, il ne me resterait plus une chose au monde pour me rappeler que je ne suis pas fou.

Lundi soir.

Je suis assis au *drugstore* du coin.

La maison n'est plus là.

En revenant de l'Association, je n'ai plus trouvé qu'un terrain vague. J'ai demandé aux enfants qui y jouaient s'ils me connaissaient. Ils ont dit non. J'ai demandé ce qui était arrivé à la maison. Ils ont répondu qu'ils jouaient dans ce terrain vague depuis toujours.

L'Association n'avait aucunes archives à mon sujet. Pas une ligne.

Ce qui signifie que je n'existe plus désormais en tant qu'individu. Tout ce que je possède, c'est ce que je suis – mon corps et les vêtements qui le recouvrent. Toutes mes pièces d'identité ont disparu de mon portefeuille.

Ma montre a disparu aussi. Sans que je m'en aperçoive. De mon poignet.

Elle portait au dos une inscription. Je me la rappelle.
À mon chéri avec tout mon amour. Mary.
Je suis en train de boire une tasse de café

Titre original :
Disappearing Act

Traduit de l'américain
par Alain Dorémieux

Supplément pour étude

Les fiches proposées ont été conçues par des professeurs afin de servir d'exercices dans le cadre d'une étude approfondie de cette anthologie

Fiches élèves

■ Fiche élève 1 : l'introduction de Barbara Sadoul

1. Chercher l'étymologie du mot « fantastique ».
2. Pourquoi a-t-on choisi cet extrait de *La Peur* de Maupassant pour amorcer l'introduction ? Cette citation donne-t-elle quelques clefs du fantastique ? Si oui, lesquelles ?
3. Quelle est la définition du fantastique selon Pierre-Georges Castex ?
4. En quoi l'hésitation entre le réel et le surnaturel est-il un ingrédient indispensable dans les récits fondateurs du fantastique ? Ainsi que dans ceux du XIXe siècle ?
5. Le fantastique est-il figé dans la définition qu'en donne Tzvetan Todorov ?
6. Selon Charles Nodier, qui sont les premiers auteurs à avoir utilisé le genre fantastique ?
7. On dit que Nodier confond le fantastique et le merveilleux (p. 8). Cherchez une définition du merveilleux, un genre voisin relevant également de l'imaginaire.
8. Au Moyen Âge, quelles sont les créatures surnaturelles qui apparaissent dans certains récits ?
9. Quels sont les précurseurs du XVIIIe siècle ? Renseignez-vous sur la notion de roman noir ou de roman gothique.
10. Quels sont les grands auteurs français du XIXe siècle à avoir écrit des textes fantastiques ?
11. Quels sont les grands thèmes abordés par cette littérature au XIXe siècle ?
12. Citez des auteurs fantastiques du XXe siècle.
13. Quel type de fantastique H.P. Lovecraft a-t-il inventé ?
14. Pour voir si vous avez tout compris, réalisez un tableau avec les éléments suivants :

a. À quel genre littéraire appartient chaque titre ? (Certains titres peuvent appartenir à plusieurs genres.)

	Réalisme	Fantastique	Merveilleux	Science-fiction	Fantasy
Harry Potter de J.K. Rowling					
Le Seigneur des anneaux de J.R.R. Tolkien					
Dracula de Bram Stoker					
Le Petit Chaperon rouge de Charles Perrault					
Les Misérables de Victor Hugo					
Fahrenheit 451 de Ray Bradbury					
La Parure de G. de Maupassant					
Je suis une légende de Richard Matheson					
Je suis d'ailleurs de H.P. Lovecraft					
La Vénus d'Ille de Prosper Mérimée					
Sacrées sorcières de Roald Dahl					

b. Dans quels genres de récits ou de films les personnages suivants peuvent-ils apparaître ? (Il peut parfois y avoir plusieurs réponses.)

Un robot doté d'intelligence ; un vampire psychique ; un mutant hybride ; un loup-garou lunatique ; un lycanthrope furieux ; une voyante sorcière ; un elfe de maison ; un portrait animé ; un zombie centenaire ; une momie à l'impressionnante mémoire ; un fantôme inamical ; un prince charmant ; un automate rebelle ; une licorne légendaire.

c. À votre tour, établissez une liste de personnages, échangez cette liste avec celle de votre voisin, puis demandez-lui de retrouver à quel(s) genre(s) littéraire(s) ou cinématographique(s) ils appartiennent.

■ Fiche élève 2 : étude de *La Cafetière* de Théophile Gautier

1. Lecture de l'incipit (p. 47-48)

a. Quelles sont les informations que vous pouvez repérer dans ces dix-neuf premières lignes ?

Sur les personnages ; sur les lieux ; sur l'action

b. Qui est le narrateur ?

c. Quel est le point de vue adopté dans cette nouvelle ? Que pouvez-vous en dire ?

d. Montrez que, dans un premier temps, le lecteur est projeté dans un récit réaliste, puis relevez la proposition qui annonce un basculement vers le fantastique. Comment comprenez-vous cette « impression » que ressent le personnage principal ?

2. Un décor étonnant (p. 48)

a. Lorsque le narrateur entre dans sa chambre pour la première fois, il a l'impression de changer d'époque. Expliquer ce sentiment.

b. Quels sont les objets qui surprennent le narrateur ?

c. Quels sont les objets qui s'animent ?

d. Quelle est la particularité des tableaux suspendus aux murs ?

3. Une galerie de personnages

a. Quel effet cette chambre produit-elle sur l'esprit fatigué du narrateur ?

b. Est-il seul dans sa chambre ? Quels personnages lui apparaissent à onze heures du soir ? Que font-ils ?

c. Comment le temps est-il personnifié ?

d. Quel est le rôle de la pendule ?

e. Quelle étrange métamorphose subit l'un des objets de la chambre à une heure du matin ?

4. Structure de la nouvelle

a. En combien de parties est découpé le récit ? Donnez un titre à chacune d'entre elles.

b. Résumez chaque étape du schéma narratif de la nouvelle.

La situation initiale ; l'élément perturbateur ; les péripéties ; la résolution ; la situation finale.

5. Le temps, la chronologie

a. Étude de la chronologie du récit : positionnez sur un axe de chronologie les moments importants de la nouvelle.

b. Quels sont les temps les plus utilisés dans cette nouvelle ? Quelle en est la valeur ?

6. Le vocabulaire

a. Relevez le champ lexical de la peur éprouvée par le narrateur dans la première partie.

b. Relevez le champ lexical de l'incertitude dans la seconde partie jusqu'à la fin du texte.

c. Cherchez la définition du mot « albâtre » : ce vocabulaire crée une ambiance qui doit faire réagir le lecteur.

d. Que ressentez-vous après avoir repéré ces différents mots ?

7. Fantastique ou réalisme

Dans les récits fantastiques du XIXe, l'auteur joue souvent sur la notion de doute dans l'interprétation des faits : le lecteur est amené à hésiter entre explication(s) rationnelle(s) ou surnaturelle(s).

a. Trouvez les différents indices relevant du surnaturel et placez-les dans le tableau ci-dessous (case intitulée « faits surnaturels »).

b. Cherchez ensuite une « explication rationnelle » et complétez les cases vides.

Faits surnaturels (fantastiques)	Explications rationnelles (réalistes)

8. Sujet de réflexion et sujet d'imagination

a. Sujet de réflexion (à l'oral ou à l'écrit) : le personnage principal a-t-il vraiment rencontré cet amour impossible, selon vous, cet amour brisé, ou a-t-il tout rêvé ? Rêvé ou vécu, quelles seront, selon vous, les répercussions de cet événement nocturne sur l'esprit du jeune homme ?

b. Sujet d'imagination (à l'écrit) : rédigez une petite nouvelle en suivant la trame ci-dessous.

Titre provisoire : « Maison à vendre ». Vous êtes en vacances. De la fenêtre de votre chambre, vous apercevez la maison d'en face. Cette impressionnante demeure est à vendre : imaginez la bâtisse, décrivez-la (une partie de celle-ci vous est cependant masquée par les arbres du parc adjacent). Curieux/se, vous avez très envie de vous introduire dans le parc (décrivez ce sentiment). Dès que vous avez escaladé le mur d'enceinte, une sensation étrange vous envahit. La nuit tombe soudain, l'air fraîchit. (Évoquez vos sensations et ce que vous voyez.) Vous n'êtes pas très rassuré(e), votre portable ne fonctionne plus. Pourtant vous ne faites pas demi-tour. Vous sautez dans le jardin et avancez. (Racontez rapidement ce passage.) Vous poussez la porte de cette demeure et entrez dans un « monde nouveau ». (Cette partie doit être la plus longue. N'oubliez pas de trouver une chute « surprenante » à votre histoire.)

■ Fiche élève 3 : étude de la nouvelle *Le Meneur de loups* de Claude Seignolle

1. Avez-vous bien lu le récit de Claude Seignolle ?

a. Où et quand se déroule cette histoire ?

b. Qui sont les protagonistes ?

c. Que se passe-t-il ?

d. Qui est le narrateur ?

e. Quel est le point de vue adopté dans ce récit ?

f. À quels temps est écrit ce récit ?

g. Quelles sont les couleurs qui ressortent au fil du récit ? Quelles sont les impressions qui en découlent ?

h. Qui sont « les bonnes bêtes » ? Et les autres ?

2. Vocabulaire

a. Ce récit utilise un vocabulaire qui fait référence aux coutumes d'antan de nos campagnes. Cherchez les définitions des termes suivants :

– La maie (p. 149)

– Chemisée (p. 149)

b. Dans les paragraphes 1 et 2, relevez :

– Le champ lexical du froid.

– Le champ lexical de la mort.

– Dès le début de l'histoire, dans quelle ambiance est plongé le lecteur ?

– Relevez dans toute la nouvelle le champ lexical de la peur.

– Comment passe-t-on d'une menace naturelle qui pèse sur le quotidien des personnages à une menace qui relèverait d'un pacte satanique ?

c. Expliquez les expressions suivantes :

– « T'as l'don, Marie... » (p. 152)

– « tu comprendras les loups » (p. 152)

– « tes mains pourront barrer et guarir les mordures faites par eux... » (p. 152)

3. Étudiez le schéma narratif de la nouvelle

4. Le personnage étrange : le meneur de loups

a. Relevez les éléments de description de ce personnage.

b. En quoi est-il inquiétant ?

c. Comment est-il désigné ? Quel est l'effet produit ?

d. Que vient-il faire à la ferme ? (Plusieurs propositions)

e. Comment réagit chaque membre de la famille des fermiers ?

f. Peuvent-ils refuser la demande du personnage inquiétant ? Pourquoi ?

g. Comment le meneur de loups remercie-t-il les fermiers ? Quelles réactions cela occasionne-t-il ?

h. Qui sont les animaux qui suivent cet homme ? Combien sont-ils ? Sont-ils les bienvenus ? Pourquoi ?

i. En quoi le meneur de loups se rapproche-t-il du loup-garou ou d'un sorcier qui aurait pactisé avec le diable ?

j. Le meneur de loups est-il un personnage réaliste ou fantastique ? (Faire une recherche sur les croyances rurales concernant les meneurs de loups.)

k. Pourquoi le loup a-t-il été considéré comme un animal maudit ? (Un indice : il a été surnommé « le chien du diable ».)

5. Le don

a. Qui reçoit le don ? Pourquoi le meneur de loups choisit-il le personnage le plus innocent ?

b. Quel est ce don ?

c. À votre avis, est-ce vraiment un don ou une malédiction ? Justifiez.

d. Claude Seignolle a écrit un roman intitulé *Marie la Louve* qui fait suite à cette nouvelle. Renseignez-vous sur ce roman.

6. Lectures complémentaires sur le thème des loups et des loups-garous

Le loup-garou est un personnage qui marqua notre folklore contrairement à son frère de sang, le vampire. En France, comme dans tous les pays qui abritèrent des loups dans leurs forêts, on crut aux garous. Il y eut même des procès de sorcellerie où hommes et femmes furent accusés de métamorphose lupine.

Satiricon de Pétrone (Ier siècle après Jésus-Christ) ; *Le Bisclavret* de Marie de France (XIIe siècle) ; *Le Meneur de loups* d'Alexandre Dumas (1857) ; *Hugues-le-Loup* d'Erckmann-Chatrian (1859) ; *Le Loup* de Guy de Maupassant (1882) ; *Le*

Loup-garou de Boris Vian (1947) ; *Le Gâloup* de Claude Seignolle (1960).

7. Expression écrite ou exposé

a. Sujet d'imagination :

Imaginer une autre histoire dans laquelle le meneur de loups serait un loup-garou : vous décrirez sa métamorphose à un moment choisi de votre récit. Celle-ci devra débuter par les mains de votre personnage. (Les mains qui deviennent des pattes griffues pourront symboliser la perte de son humanité.)

b. Sujet de réflexion :

Le loup, qui a marqué nos imaginaires depuis l'enfance, est un personnage ambivalent. Nos aïeux reconnaissaient en lui un mangeur d'hommes, un dévoreur de cadavres et un tueur d'enfants, c'était l'éternel accusé : l'animal effrayant défraya la chronique dans l'histoire de la bête du Gévaudan et devint le personnage rêvé du « méchant » dans le conte du Petit Chaperon rouge.

Pourtant on percevait aussi le loup comme un animal positif (voir la légende de la louve de Romulus et Remus dans l'Antiquité romaine ; le dieu à tête de loup dans l'Égypte antique, guide des âmes ; la louve maternelle dans les récits d'enfants trouvés et recueillis par ces animaux en Inde qui inspirèrent le roman *Le Livre de la jungle* de Rudyard Kipling). Les loups ont donc toujours déclenché des passions contraires.

Faites un devoir dans lequel vous expliquerez la dualité du loup au travers de la littérature, du cinéma et de l'art pictural.

c. Sujet d'exposé à visée argumentative :

Après avoir été éradiqué de France, le loup est revenu par les frontières italiennes. On peut même devenir aujourd'hui le parrain ou la marraine d'un loup dans le Gévaudan – la Lozère aujourd'hui – (ici en captivité) ou dans le Mercantour. Mais le fauve n'a pas que des amis.

– Faites une recherche sur la présence du loup dans le parc du Mercantour.

– Quels types de réactions ce retour du loup provoque-t-il ? Qu'en pensez-vous ? (Appuyez-vous sur différents articles de presse pour rechercher les arguments qui opposent les défenseurs des loups et leurs détracteurs.)

■ Fiche élève 4 : trois thèmes traditionnels du fantastique

– L'amour plus fort que la mort
– Le monstre
– La peur

Tableau : thème 1, « L'amour plus fort que la mort »

	Véra	La Chevelure	La Cafetière
Nom de l'auteur			
À quel siècle a-t-il vécu ?			
Qui est le narrateur ?			
Quel est le point de vue ?			
Qui est le héros ? (description rapide)			
Qui est le personnage fantastique (description rapide)			
Quel lien les unit ?			
Qu'est-ce qui les sépare ?			
Que raconte cette histoire ?			
Quels sont les lieux importants de la nouvelle ?			
À quel instant précis surgit le fantastique ?			
Pendant combien de temps le phénomène étrange se produit ou se reproduit-il ?			
Quelle est la phrase clef de la nouvelle ?			
Quelles sont les deux hypothèses de lecture : récit réaliste ou récit fantastique ?			

1. Sujet de réflexion n° 1 : thème 1.

La nouvelle de Villiers de l'Isle-Adam, *Véra*, débute par cette phrase qui unit les deux récits que nous venons d'étudier ci-dessus : « L'Amour est plus fort que la Mort, a dit Salomon : oui, son mystérieux pouvoir est illimité. »

Avec *Véra*, *La Chevelure* et *La Cafetière*, le lecteur est en effet face à trois personnages féminins qui parviennent à revenir du monde des morts pour aimer un vivant. Ce thème, magnifié au cinéma, fut après les années 1970 traité sous un angle différent : c'est le mort vivant (vampire ou zombie) qui revendique son droit à aimer.

a. Quelles histoires connaissez-vous sur ce thème (que ce soit en littérature, au cinéma ou en séries télévisées) ?

b. Selon vous, les différences de l'être fantastique (physiques et/ou psychologiques) sont-elles un obstacle insurmontable dans les relations avec un humain ?

c. Peut-on encore parler de « monstre » au sens premier du terme pour désigner le héros fantastique ? (Faire une recherche sur la notion de « monstre ».)

d. Appréciez-vous ce type d'histoire (expliquer pourquoi) ou préférez-vous un fantastique plus traditionnel dans lequel ces amours sont condamnées d'avance (comme dans la nouvelle *La Morte amoureuse* de Théophile Gautier, une histoire de vampir parue en 1836 - Librio n° 263).

2. Sujet d'imagination n° 2 : thème 2 et 3.

Écrire à la manière de H.P. Lovecraft ou de R. Matheson, deux grands maîtres de l'horreur moderne, sur l'un de ces deux thèmes :

a. Thème du monstre : lire *Je suis d'ailleurs* de H.P. Lovecraft

Dans ce récit poignant écrit à la première personne, le lecteur est plongé dans les pensées du monstre, Lovecraft s'éloignant totalement des récits du XIXe siècle où la créature n'avait pas la parole. Par les mots du monstre, on comprend qu'il n'a pas conscience de sa propre identité et qu'il finira épouvanté par lui-même.

Difficile de trouver une écriture plus riche en termes fantastiques que celle de Lovecraft (voir la description du vieux château, p. 120).

Imaginez à votre tour une histoire de monstre à la première personne : un monstre qui, poussé par la curiosité, s'aventurerait par exemple dans une fête foraine. Il entrerait dans une galerie de glaces déformantes... (Pensez à employer le plus de termes fantastiques possible.)

b. Thème de la peur : lire *Escamotage* de Richard Matheson

C'est la peur que notre univers disparaisse racontée (comme Lovecraft ci-dessus) du point du vue du personnage principal, un écrivain qui ne pourra terminer son récit comme en témoigne l'absence de point final.

L'écriture de Richard Matheson est toujours limpide, directe, avec des images fortes, presque cinématographiques.

Imaginez à votre tour une histoire de fin du monde (tel qu'on le connaît) sous forme de journal intime.

BARBARA SADOUL ET NATHALIE SANFOURCHE

Table des matières

Introduction 7

E. T. A. Hoffmann: *L'Homme au sable* 13

Théophile Gautier: *La Cafetière* 47

Edgar Allan Poe: *Le Portrait ovale* 55

Gérard de Nerval: *Le Monstre vert* 59

Erckmann-chatrian: *La Montre du doyen* 65

Alphonse Daudet: *L'Homme à la cervelle d'or* 87

George Sand: *L'Orgue du Titan* 95

Auguste Villiers de L'Isle-adam: *Véra* 113

Guy de Maupassant: *La Chevelure* 123

H. P. Lovecraft: *Je suis d'ailleurs* 131

Jean Ray: *La Choucroute* 139

Claude Seignolle: *Le Meneur de loups* 147

Richard Matheson: *Escamotage* 155

Supplément pour étude 171

Achevé d'imprimer en Italie par Grafica Veneta
en mai 2014
Dépôt légal mai 2014
EAN 9782290038499
OTP L21ELLN000405N001

—

Ce texte est composé en Lemonde journal et en Akkurat

—

Conception des principes de mise en page :
mecano, Laurent Batard

—

Composition : PCA

—

ÉDITIONS J'AI LU
87, quai Panhard-et-Levassor, 75013 Paris
Diffusion France et étranger : Flammarion

Librio
150